Le Club de la Pluie
et les forbans de la nuit

Malika Ferdjoukh

Le Club de la Pluie
et les forbans de la nuit

Neuf
l'école des loisirs
11, rue de Sèvres, Paris 6e

Illustrations de Cati Baur

Loi n° 49.956 du 16 juillet 1949 sur les publications
destinées à la jeunesse : avril 2016
Dépôt légal : avril 2016
Imprimé en France par CPI Firmin Didot
à Mesnil-sur-l'Estrée (134704)

ISBN 978-2-211-22822-0

À Geneviève Brisac

LE SINGE ET LE CHIEN,
LA PIE ET LE GOÉLAND

– Gagné ! hurle Rose en touchant la bouée la première.

Sa tête jaillit d'entre les vagues. Son rire, ses cils, sa frange ruissellent. Milo atteint le but à son tour. Le plus souvent, c'est lui qui remporte la course. Là, une méduse a retardé son départ. Il a gaspillé plusieurs secondes à zigzaguer pour l'éviter. Rose est de toute façon excellente nageuse, et Milo, beau joueur.

Ambroise arrive peu après. Ambroise est invariablement dernier, à cause de Clipper qui veut participer et nage n'importe comment autour de lui. Il patauge, éclabousse, retarde, mais il a l'air de tellement s'amuser !

– On en refait une ? propose Ambroise. Je vais gagner, cette fois !

Milo secoue la tête.

– Rouletabille va nous faire une crise si on le laisse une minute de plus. Et tante Astarté virer homard.

– Sous ce chapeau ? Jamais ! pouffe Rose. Elle y est à l'abri comme à l'intérieur d'une patelle.

Tout au long de cette journée de plage, la tante de Milo n'a cessé de déployer sa collection de chapeaux inouïs : à forme de phare, ou d'hélice d'avion, ou de macarons de la princesse Leia, de parapluie, même. Ils jaillissent de son sac comme les lampadaires du cabas de Mary Poppins.

– On se croirait l'été, en vacances, soupire Rose avec délice, bras en visière pour suivre le vol d'un goéland cendré.

Le grand oiseau est en train d'exécuter un piqué depuis les remparts qui enclavent la petite plage.

– On n'est qu'au printemps, rappelle Ambroise, et l'école reprend après-après-demain.

– Clipper, ton maître est un vrai rabat-joie.

Il ne manque à leur bonheur qu'une chose… ou plutôt une personne : leur amie Nadget. Nadget passe en famille le pont de ce 8 Mai.

Sur le sable, tante Astarté feuillette un guide de Saint-Malo. Elle ajuste ses lunettes libellule et tapote son chapeau (celui-là évoque une sauterelle potelée butinant des rondelles d'orange).

– Vous avez l'air de sardines fraîchement pêchées, rit-elle. Vous saviez que cet îlot là-bas s'appelle le Grand-Bé ? Le poète Chateaubriand y est enterré.

– La prof de français y emmène chaque année les élèves du pensionnat, opine Ambroise. Mme Archer cite Chateaubriand quarante-douze fois par jour, c'est son dieu.

– On peut se rendre sur l'île à pied quand la mer est basse, précise Milo en recevant l'atterrissage de Rouletabille sur sa tête où une tignasse blonde pousse à la verticale. Mais gare à la marée ! Si on oublie l'heure, on reste coincé là-bas toute la nuit... Hé ! Qu'est-ce qu'il fabrique, cet oiseau ?

Au-dessus des rochers où les remparts et la tour Bidouane plongent leurs énormes pattes de granit, le goéland cendré chahute à grands cris avec un second oiseau.

– Celui-là n'est pas un goéland.

– Une pie-grièche ! indique tante Astarté. On dirait qu'ils viennent de voir un film au cinéma en partageant un seau de pop-corn... Je veux dire, explique-t-elle à un Ambroise perplexe, qu'ils donnent l'impression de deux larrons en foire.

Clipper pique un sprint à leurs trousses, Rouletabille abandonne illico la tignasse verticale pour s'élancer aussi. Le singe et le chien gambadent en jappant de concert, oreilles au vent, museaux levés vers la pie et le goéland.

– Et savez-vous que ce bastion là s'appelle la Poudrière parce qu'on y stockait les boulets des canons ? continue tante Astarté dans son guide. Saint-Malo était si riche des trésors des corsaires qu'il fallait la défendre contre toutes sortes de forbans.

– Pas de quartier sur les terres de Jacques Cartier ! proclame Rose.

– Et savez-vous que…

Sans plus l'écouter, ils filent en direction des rochers où ont disparu Clipper et Rouletabille. Qu'est-ce qui peut tant intéresser un singe et un chien à cet endroit ? Les trois enfants escaladent les récifs avec, par-dessus leurs têtes, la tour et les remparts en garde comme les sentinelles de jadis. Rose en profite pour inspecter le sol, elle aimerait enrichir sa collection de coquillages.

Milo, qui grimpe en tête, dérape sur le varech. Il se rétablit de justesse entre les pointes rocheuses, épié par l'œil moqueur du goéland et de la pie retranchés sur l'escalier taillé à flanc de remparts. Clipper gratte le sol en aboyant avec punch. Rouletabille l'encourage à coups de boulettes d'algues.

– Clipper, reviens ! Il n’y a rien à voir là-dessous. Ces oiseaux sont deux bécasses… et vous, Rouletabille et Clipper, deux linottes !

– Révise ton manuel du *Petit Ornithologue Futé*, Ambroise ! s’esclaffe Rose en rejetant, après examen, une coque de couteau (trop banale).

Goémon et varech enrobent les roches dressées, telles les gencives de canines immenses. Ambroise agrippe son chien par l’échine, mais Clipper tire, tire, et continue de racler comme un fou derrière un énorme bloc de rocher.

Brusquement, il disparaît !

On l’entend aboyer mais on ne le voit plus. Les enfants échangent un regard stupéfait ; Rouletabille se cache la paupière de sa petite main brune.

– Rhââh… ronchonne Ambroise en se jetant à plat ventre à l’endroit où son animal s’est évaporé. Ce chien est une oie !

Milo et Rose tentent de pousser le bloc. Impossible, il pèse une tonne. Rose glisse le bras dans un mince espace sur le côté. Ses doigts malaxent le vide.

– Une niche, dit-elle.

– Pourquoi t’es-tu fourré là-dedans, Clipper ? Il n’y a rien à voir ! gémit Ambroise. Ce chien est un âne !

– Il n'y a rien à voir, répète un écho derrière les enfants.

Ils se tournent, main au front, face au soleil, pour observer le jeune homme qui avance vers eux.

Quelle allure étrange…

Il est maigre, son jean est fendu au genou, il boite un peu, son œil gauche disparaît sous un bandeau noir.

Long John Silver ! pense Rose, qui a dévoré *L'Île au trésor* à Noël. Ne manque que le perroquet à l'épaule.

Long John Silver… de Saint-Malo.

– Il n'y a rien par là ! assure le jeune homme en les rejoignant de sa claudication agile. L'endroit est dangereux, ces brisants vous fracassent un crâne en un rien de temps.

Son sourire est très blanc et amical. Son œil valide possède le doux gris des petites souris qui musardent parfois dans les corridors du pensionnat.

– Il y a un autre singe planqué là-dessous ?

– Un singe qui fait ouaf ! pouffe Milo en nichant Rouletabille sous son menton.

– Écartez-vous, dit l'inconnu. Je m'en vais remuer ce bloc.

Ils font un pas en arrière.

– Allons. Poussez-vous encore. Vous avez envie d'être aplatis en soles meunières ? dit-il en riant. Ne restez pas là, ce truc est aussi lourd qu'un immeuble.

Les aboiements de Clipper résonnent sous terre, jusque sous leurs talons. Il doit se trouver drôlement loin ! songe Ambroise, inquiet.

Le garçon au bandeau noir les dépasse. Il se place entre eux et les canines géantes, puis il se met à fureter, en quête de quelque chose. Il doit avoir cinq ou six ans de plus qu'eux.

Il sifflote un air qui ressemble à *Aux marches du palais*. Aussitôt, la pie et le goéland décollent droit vers lui. L'une se perche sur sa tête, l'autre sur son épaule, d'où ils continuent à fixer la petite bande de leur œil malin.

– Ces oiseaux sont à toi ? interroge Ambroise.

– Ah, ça non, répond l'inconnu, furetant toujours. Les oiseaux, ça appartient au ciel et aux nuages. Je me contente de faire le perchoir.

Ils rient.

– Clipper et Rouletabille leur couraient après, raconte Milo.

– Et ce rocher a subitement avalé mon chien, se lamente Ambroise.

– Eh ! Voilà qui va nous aider, dit l'inconnu, qui déniche un piquet en bois entre les roches.

– Oh ! s'exclame Rose en repérant un creux. Il est drôle, ce coquillage ! On dirait un petit chausson aux pommes nacré… Pour ma collection.

D'un bond vif, le jeune homme l'arrête et lui barre le passage en souriant, le bâton serré sous son bras.

– Demi-tour. J'ai dit que c'était dangereux par ici, chantonne-t-il doucement. Je vais tâcher d'asticoter ce gros immeuble avec ça, façon pied-de-biche.

Nouveau sifflement, et d'un coup d'aile la pie et le goéland migrent vers un créneau des remparts. Le grand garçon cale la pointe de son bâton à l'assise du bloc, appuie et force, en levier, avec une grimace de concentration.

– Rochers piquants… Algues gluantes… Et puces de sable ! Et patelles pointues ! Et crabes ! fredonne-t-il entre deux efforts. Le danger rôde toujours et partout.

Immobiles, en retrait, les enfants contemplent la masse noire du grand rocher qui oscille, puis bascule d'un coup, pour dévoiler un trou noir.

– Défense de bouger ! leur ordonne le garçon en s'agenouillant. Ou alors, tchak... Trois soles meunières pour dîner. Ce machin n'a pas bougé depuis des siècles.

Il plonge à mi-corps dans l'obscurité. Rose se garde bien d'avancer. En revanche, elle estime qu'elle ne désobéira pas, ni ne mettra sa vie en danger, si elle monte sur la crête voisine.

Ce qu'elle fait.

De ce piton, elle a maintenant une vue élargie de l'intérieur de la brèche. C'est bien une grotte, dans laquelle est englouti presque entièrement Long John Silver de Saint-Malo. On ne discerne plus que la semelle de ses espadrilles effilochées.

Un nuage glisse son satin mauve sur le paysage, les rochers se déplient sous la brise...

L'œil de Rose capte alors quelque chose d'insolite au fond de la grotte. Une tache vive qui, normalement, ne devrait pas s'y trouver. Ce n'est pas tout.. Elle aperçoit, derrière, encore autre chose.

Les aboiements se rapprochent. Rose scrute, réfléchit, puis redescend de son piton rocheux en silence.

Clipper déboule hors des ténèbres, babines fendues du sourire de l'explorateur qui a mis la main sur le sixième continent. Le jeune homme fait signe aux enfants de demeurer où ils sont et, sous une nouvelle pression de son piquet-levier, la roche rebascule en sens inverse, à sa place d'origine. Le trou est rebouché.

– Que du vide, là-dedans. Que des crabes et des chauves-souris, dit-il en jetant le bâton au loin parmi les roches. Ça pue le moisi, pouh… Tout ça n'avait pas vu le soleil depuis le déluge.

Il sifflote derechef *Aux marches du palais*, et les deux oiseaux reviennent pour se poser, l'une sur sa tête, l'autre à son épaule.

– La prochaine fois que vous voulez tailler une grimpette, montez plutôt en haut du Grand-Bé, là-bas. C'est votre maman, sur la plage ?

– Ma tante, dit Milo en calant Rouletabille au creux du coude.

– Elle doit se faire du souci, non ? Mieux vaut la rejoindre.

– C'est vrai, dit Ambroise. Tante Astarté va se demander ce qu'on fabrique. Clipper ? Tu dis merci à ton sauveur ?

Clipper concède un petit coup de museau affable au jean déchiré, l'air de dire : « Mais où est le problème ? »

– Ce chien est un chameau ! conclut Ambroise.

– Vous êtes en vacances ? interroge le garçon.

Ils lui racontent que cette journée plage se déroule sous la garde de tante Astarté, mais qu'ils sont habituellement élèves aux Pierres-Noires, que le pensionnat est presque vide ces jours-ci car la plupart des pensionnaires passent chez eux ce congé de quatre jours.

– Woh ! s'écrie le jeune homme avec une moue rigolote, comme s'il s'adressait à de grands savants érudits. Moi et l'école, on a toujours été chien et chat. J'ai passé le brevet il y a deux ans. Ensuite, ben… j'ai renoncé à le repasser.

Il émet un drôle de petit rire. Ambroise, Rose et Milo le remercient une dernière fois, puis ils amorcent la descente du récif, accompagnés par *Aux marches du palais* siffloté, et le triple regard d'un goéland cendré, d'une pie-grièche et d'un œil unique gris souris.

– Mon nom est Roch ! les interpelle le grand garçon. Et vous, vous êtes qui ?

Rose pivote, agite le bras.

– Nous ?

Appuyé à une roche, Long John Silver de Saint-Malo les regarde s'éloigner, les poings dans les poches de son jean au genou fendu.

– On est… le Club de la Pluie !

Sur le sable, au pied des remparts, ils retrouvent une tante Astarté modérément préoccupée par leur escapade. Il en faut davantage pour inquiéter son bronzage : le carambolage de Jupiter avec Saturne par exemple, ou un rictus du Doge Funeste dans son tarot de Venise. Tante Astarté taquine régulièrement boule de cristal, cartes, astres et lignes de la main ; elle est diseuse de bonne aventure à la fête foraine lorsqu'elle ne bronze pas sous des bibis baroques.

À propos, sa sauterelle sur rondelles d'orange a été remplacée par une hirondelle sur un bouquet d'hibiscus, mais on jurerait que la tante n'a pas levé le nez du guide qui l'aimante.

– Vous mourez d'envie de savoir pourquoi cette partie des remparts se nomme « les Chiens du Guet », je parie ? lance-t-elle, réjouie.

– Pas spécialement, marmonne son neveu.

– Tant pis, tu seras intelligent malgré toi. Autrefois, lit-elle, une patrouille de chiens montait la garde, la nuit, sur le chemin de ronde des murailles. Un soir, un gentilhomme qui rentrait éméché d'une fête oublia le couvre-feu de dix heures… Il se fit surprendre et dévorer par les molosses.

– Brrr. Je ne me sens pas plus intelligent, grimace Milo. Juste horrifié.

– N'écoute pas ça, Clipper, chuchote Ambroise. Tu aurais envie de devenir molosse.

– Effroi, frissons et branle-bas cette nuit-là ! poursuit la tante, implacable. Depuis, en souvenir, une cloche appelée la Goguette sonne chaque soir à dix heures. En ce XXIe siècle, elle sonne toujours. Dites, il faut lever le camp si vous voulez acheter un cadeau à votre copine ! J'ignore à quelle heure ferme votre échoppe.

Nadget était partie la mort dans l'âme de laisser les autres membres du Club aux Pierres-Noires. Rose a eu l'idée d'un petit cadeau pour lui adoucir cet exil de quatre jours. En venant, ils ont justement repéré une nouvelle boutique dans la ville close.

Ils remballent leurs affaires de baignade, Rose rassemble avec soin les coquillages qu'elle collecte depuis le matin. Ça lui rappelle celui qu'elle n'a pas pu ramasser tout à l'heure, le drôle en forme de chausson aux pommes nacré. Bah, elle reviendra.

– Qu'est-ce que tu rumines, Rose ? lui demande Milo, en route. Tu n'as pas décroché un mot depuis les rochers.

D'un froncement des sourcils, elle montre tante Astarté.

Plus tard ! dit ce froncement. Patience.

LA BOUTIQUE AU COIN DE LA RUE

La boutique s'appelle Luxe Promo. Elle est remplie de marques célèbres : parfums Tristan Or, montres Mollex, stylos Mont-Plume, bijoux, sacs, portables. L'endroit est ouvert depuis peu : caisses et cartons s'entassent dans les coins, en attente d'être déballés.

Une dame rousse s'avance pour les servir. Ses pupilles sont fixes derrière des lunettes légèrement teintées. On a un peu l'impression de déranger. Rose explique qu'ils aimeraient offrir un cadeau à une fillette incorrigiblement coquette.

C'est l'instant que choisit Rouletabille pour tomber amoureux d'un ourson en peluche déniché on ne sait où, à l'arrière du comptoir. Il le berce sur son cœur.

– Cette peluche n'est pas à vendre ! s'écrie la dame rousse dans un cri étouffé.

Elle en perd presque ses lunettes. Elle tente de reprendre le jouet, mais le petit singe saute sur le crâne de Rose en serrant sa proie. Rose essaie à son tour, sans succès. Rouletabille s'élance alors vers Milo qui, prestement, le déleste. La dame bondit pour empoigner l'ours d'un geste, avant même que Milo puisse esquisser celui de le lui rendre.

– Les bêtes ne sont pas autorisées ici ! dit-elle, haletante, l'ongle pointé vers Clipper et Rouletabille.

– Avec tous ces ours, pourtant, nos petits amis sont en bonne compagnie ! lance gaiement tante Astarté en montrant le recoin où, à l'écart, s'amoncellent des caisses avec d'autres peluches.

Si elle espérait égayer la dame, celle-ci ne se déride pas du tout ! De marbre, derrière ses verres teintés.

– Ils ne sont pas à vendre ! répète-t-elle. Nous… dépannons un collègue… qui ne sait pas où les stocker depuis le… le dégât des eaux de son entrepôt, ajoute-t-elle en s'efforçant d'adoucir (en vain) sa voix rogue.

Pendant une demi-seconde, Milo s'interroge… mais il ne sait exactement sur quoi. Tout s'est déroulé si vite ! Il a juste éprouvé une sensation… curieuse. Une question a traversé son esprit, sans s'arrêter. Tant pis, ça lui reviendra.

– Emmène Rouletabille et Clipper dehors, lui ordonne gentiment sa tante.

Il ressort en compagnie « des bêtes non autorisées » et attend sur le trottoir, près de la vitrine.

À l'intérieur, la vendeuse déploie en soupirant un grand casier de bijoux multicolores.

– Des Praducci ! s'exclame Rose en lisant l'étiquette. Oh, c'est sûrement trop cher pour nous.

– Au contraire, ils sont très abordables, rétorque la dame. Toute la marchandise de ce magasin provient d'invendus.

– Je vois, dit tante Astarté. Les grandes marques écoulent ainsi leurs articles qui étaient à la mode l'an dernier mais qui ne le sont plus. N'est-ce pas ?

La dame annonce en effet un prix étonnamment bas pour de la bijouterie de luxe. Tante Astarté, du coup, se laisse tenter par un vaporisateur du célébrissime N° 7 de Charmel, puis par une bague de chez Cloche et Chabada dont la pierre rouge pansue rappelle assez un champignon de chez Pixar ou Walt Disney. Les enfants se décident pour une paire de barrettes serties de hiboux dorés. Nadget adore les hiboux, et ses boucles agitées épuisent beaucoup de barrettes.

– Pour offrir, rappelle timidement Ambroise au moment de payer.

Ils ressortent avec un paquet-cadeau que Rose glisse dans son sac de plage.

– Bonne affaire ! roucoule tante Astarté en dévorant (des yeux) le champignon à son doigt. Dommage que cette créature soit aussi aimable qu'un citron à huîtres !

En chemin, Rose fait signe aux garçons de ralentir le pas. Ils laissent tante Astarté prendre un peu d'avance. Rouletabille quitte l'épaule de Milo pour aller se blottir sur celle de Rose. Le petit singe lui souffle mille amitiés à l'oreille, elle le caresse, songeuse.

– Vous savez, Long John Silver de Saint-Malo, murmure-t-elle. Quand il nous a interdit d'approcher en prétendant qu'il n'y avait rien à voir derrière le gros rocher ?

– Eh bien ?

– Il mentait. *Il y avait quelque chose.*

– …

– Quelque chose que j'ai vu.

– Quoi donc ? s'exclament les garçons.

– Chhhut, rappelle-t-elle en désignant tante Astarté qui les précède à quinze pas.

– Quoi ? répète Milo tout bas.

– Quoi ? fait Ambroise plus bas encore. Qu'est-ce que tu as vu ?

Rose marque une pause étudiée, puis :

– Une grotte ! chuchote-t-elle. J'ai vu une grotte avec…

– Une grotte ? coupe Milo (il hausse les épaules). Il en existe plein dans tous les récifs du monde ! Rien de bizarre.

Piquée, elle renifle avec exaspération.

– Ah oui ? Pas bizarre, le ciré que j'ai aperçu au fond, suspendu à la paroi comme à un portemanteau ?

– Un ciré ? dit Ambroise, étonné.

– Un ciré ? répète Milo.

– Super, votre numéro de duettistes. Oui, un ciré jaune. Un ciré de pêcheur d'un modèle *récent*.

– On n'a rien vu.

– Évidemment. Vous n'étiez pas où j'étais.

– Cette grotte sert peut-être de vestiaire à des marins ? suggère Ambroise.

– Ou à des chasseurs de palourdes ? renchérit Milo.

Ils ricanent niaisement. Le soupir de Rose ressemble à celui de Mme Poiraud, la prof de maths, quand elle réalise que la classe n'a strictement rien compris au problème des trains qui se croisent à Gardon-sur-Épuisette à dix-sept heures cinquante et une.

– Vous ne trouvez pas curieux que Long John Silver de Saint-Malo oublie de mentionner un ciré jaune qui n'a rien à faire dans une grotte censée être enfouie depuis des siècles ?

– Peut-être qu'il ne l'a pas vu.

– Peut-être qu'il est daltonien.

– Il l'avait sous le nez. Et pourquoi insister sur l'odeur de moisi ? Pour souligner que l'endroit n'a pas été visité depuis le déluge alors que la présence de ce ciré indique le contraire ? Et pourquoi nous tenir à tout prix à distance ? Pour nous faire croire qu'il n'y avait rien que des crabes ?

– Il voulait garder le ciré pour lui.

– Ça lui évite d'en acheter un.

– Et ce bâton qu'il a soi-disant cherché... et qui est miraculeusement tombé du ciel pour ouvrir l'accès à la grotte ?

– Ça fait beaucoup, admet Ambroise.

Les garçons froncent les sourcils, Rose hausse les siens.

– Je crois qu'il connaît fort bien les lieux, en réalité. Ce ciré pourrait même lui appartenir. Et puis, ajoute-t-elle avec un effet de manches, j'ai vu autre chose.

– Quoi ? dit Milo.

– Quoi ? dit Ambroise.

– Quelques répétitions et vous serez prêts pour *Mon talent fabuleux* sur WTV.

Rouletabille lui presse le bras, Clipper bave un peu. Les garçons l'observent. Ah, on s'intéresse enfin.

– Le ciré, reprend Rose à mi-voix, n'était pas suspendu n'importe où. Il masquait une ouverture derrière. L'entrée d'une seconde caverne, ou d'une galerie. Je l'ai vue !

Pour le coup, les garçons marquent un arrêt.

– Je crois plutôt, enchaîne-t-elle, qu'en débarquant en bande nous avons dérangé Long John Silver.

– Il a surgi assez brusquement des rochers, c'est vrai.

– Pile poil, tu veux dire.

– Pour nous empêcher d'aller y voir de trop près ? souffle Ambroise.

– Bravo, vos neurones entrent en action.

– Dépêchons ! s'exclame tante Astarté, l'index sur l'hirondelle vacillant sur son hibiscus. Comment aimez-vous les crêpes bretonnes ?

– Bretonnes.

– Quelle chance, celles que je vous propose de

déguster tout de suite portent justement des coiffes bigoudènes.

– On récapitule ça plus tard ! chuchote Rose aux garçons.

Avant de suivre le groupe, Ambroise soulève une oreille de son chien et lui confie :

– Et un mystère pour le Club de la Pluie ! Un ! Grâce à toi, Clipper. Grâce à toi aussi, Rouletabille. Ce chien est un aigle. Ce singe est un faucon.

DRÔLES DE RENCONTRES !
Quel garçon énigmatique, ce Roch ! Fait-il exprès de ne pas parler de la grotte cachée ?
et POURQUOI ?
Les ours en peluche ne sont pas à vendre...
La boutique cache-t-elle des choses, elle aussi ?
ET NADGET QUI N'EST PAS LÀ...

– Bien amusés ? susurre tante Astarté lorsqu'elle les dépose, en fin d'après-midi, avec son antique fourgonnette, à la grille des Pierres-Noires.

– C'était une super journée, tante Astarté.

– Merci pour les crêpes bigoudènes !

Boudeur, Rouletabille regarde les enfants descendre avec Clipper. Lui doit demeurer avec tante Astarté. Les singes, même bien élevés, même minuscules, ne sont pas autorisés au pensionnat, jours fériés inclus.

Les chiens non plus, d'ailleurs, mais Ambroise est le fils des gardiens, et des gardiens se doivent de posséder un chien, n'est-ce pas ?

– Tu as de la chance, toi ! dit mélancoliquement Milo à Ambroise (et pour la six centième fois). C'est l'unique défaut que je trouve aux Pierres-Noires.

Avec de longs gestes d'adieu, ils regardent la fourgonnette emporter Rouletabille et tante Astarté dans une pétarade d'autocuiseur qui fuit.

– Réunion ce soir dans la vieille tour ! chuchote Milo au moment de se séparer.

– Impossible ! objecte Ambroise. Ce soir, mes parents sortent, je fais le baby-sitter. Demain ?

– Demain, soupire Rose, le Club de la Pluie ne sera toujours pas au complet.

– Oui, dommage, dit Milo. Mais Nadget ne nous en voudra pas si on lui raconte tout tout tout.

– Et notre cadeau lui rendra le sourire. Maman a prévu de faire des bugnes demain, se souvient soudain Ambroise. J'en apporterai.

– Tout le monde sait qu'on résout mieux les énigmes en mangeant des bugnes ! lance Rose avant de mettre le cap sur le bâtiment des filles.

Dans l'allée qui serpente vers le bâtiment des garçons, Milo tombe nez à nez avec M. Belloc. Stylo en main, le directeur adjoint feuillette ses copies en cheminant.

– Bien amusés ? s'informe-t-il de la même façon qu'il demanderait si les enfants se sont brisé les rotules sur la plage.

– Beaucoup, dit Milo.

– Bien, bien.

Sous la paupière funèbre de M. Belloc, une étincelle pétille avec la brièveté d'une grasse matinée un jour de classe… Milo s'en étonne un peu, in petto, mais l'étincelle s'est éteinte et le directeur adjoint replonge dans ses copies avant de regagner la salle des professeurs.

Ambroise, de son côté, n'a qu'à suivre l'allée centrale pour rentrer chez lui.

Il y trouve Zoé, un an et demi, en train de prendre pour des plants de betteraves les pièces du Lego qu'elle enfouit une à une dans le pot d'azalées du salon. Ambroise lâche son sac de plage avec un soupir, soulève sa petite sœur pour l'asseoir sur le canapé, lui donne un bisou, et entreprend de déterrer les Lego.

– Bien amusés ? s'enquiert-on depuis une chambre à l'étage.

– Super, maman !

Dans la cuisine, il se sert un grand verre d'eau fraîche qu'il parfume d'une lichée de sirop d'orgeat. La perspective d'une réunion du Club dans la vieille tour, pour plancher sur un mystère, rend cette fin de journée encore plus délicieuse.

– La mer était bonne ?

– Géniale. On a fait la course jusqu'à la bouée ! (Il hésite avant d'ajouter :) J'ai gagné.

Il sourit à son verre, le vide d'un trait.

Il installe finalement sa petite sœur dans son parc à jeux car, maintenant, elle prend pour une sucette le roman abandonné dans le canapé par Mme Lupin, et le tète avec ravissement. Du coin d'un torchon, Ambroise essuie les pages imprégnées de bave, repose le livre ouvert pour qu'il sèche, et donne sa girafe en peluche à Zoé.

– Ensuite, ajoute-t-il, on a fait la connaissance d'un pirate à jambe de bois avec un bandeau noir sur l'œil !

Pendant ce temps-là, Rose accède au dortoir des filles sans croiser une âme. Celles qui, comme elle, sont restées aux Pierres-Noires durant ce très long week-end ne sont qu'une poignée. Certaines prennent des leçons d'équitation et ne vont pas tarder à rentrer.

Elle longe les couloirs vides, monte des escaliers, se souvient combien ils lui paraissaient lugubres et interminables au début. Interminables, ils le sont toujours, mais pas lugubres. Rose leur trouve dorénavant du charme.

Elle dépasse la buanderie où le Club de la Pluie,

une nuit, a surpris et pourchassé un fantôme*, parvient au dortoir qu'elle partage habituellement avec Nadget, Eudoxie et Angèle, mais que, ces jours-ci, elle est seule à occuper.

Rose pousse la porte. Les rideaux tirés plongent la chambre dans un faux jour. Elle étouffe une exclamation. La pièce devrait être vide… Mais une silhouette penchée, de dos, fouille dans l'armoire de Nadget.

– Hé, vous ! Qu'est-ce que… ?

Elle s'élance, attrape une manche. Et se fige.

– Nadget ! C'est… c'est toi ? !

– Peut-être que oui, peut-être que non. Je n'ai pas ma carte d'identité sur moi.

Rose n'en croit ni ses yeux ni ses oreilles. Nadget est censée se trouver à des kilomètres !

– Qu'est-ce que tu fabriques ici ?

– Je compte mes taches de rousseur.

– Tu n'en as pas.

– Eh bien, c'est une chance, car la fonction calculette de mon phone est en panne.

Rose jette son sac de plage pour aller ouvrir les rideaux.

* Voir *Le Club de la Pluie brave les tempêtes.*

– Mais qu'est-ce que tu fiches là ? reprend-elle.

– Je suis ta meilleure amie. Tu es supposée m'accueillir avec des hourras, des guirlandes de fleurs et des cris de joie.

Rose s'approche d'elle, l'examine sous les narines.

– J'ai compris, grogne-t-elle en prenant une voix d'outre-tombe. Tu n'es pas Nadget. Tu es une vision. Un mirage. Tu es une hallucination. Qui que tu sois, déguerpis de ce corps qui n'est pas le tien !

Puis elles explosent de rire, échangent quatre bises et s'assoient côte à côte.

– Je débarque à l'instant.

– Raconte. Pourquoi tu n'es pas tranquillement chez toi, à Lannion ?

Nadget pose les coudes sur ses genoux, les poings sous son menton et roule les yeux avec un soupir interminable.

– Mon crétin de frère. Il a la scarlatine. *Saladin a la scarlatine*, on jurerait le titre d'une chanson débile. Enfin, lui, avec toutes ses taches rouges, on dirait plutôt une coccinelle survitaminée. On en mangerait s'il n'était pas si coriace et maigrichon. Le docteur a ordonné d'urgence mon rapatriement ici.

– Pas trop tôt ! grogne Rose avec satisfaction. J'ai

eu le temps de relire cinq fois les douze volumes de *La Mirifique Épopée du chemin de fer de la préhistoire à nos jours*. J'en ai chopé une conjonctivite.

Nadget referme sa valise. Son amie est en train de lui avouer, à sa drôle de manière, qu'elle lui a manqué. Rose est ainsi. Nadget s'aperçoit tout à coup dans la glace de l'armoire.

– *Woooff*... Une heure d'autocar et ma tête vire à la botte de brocolis ! Oh, pourquoi ? soupire-t-elle en lorgnant avec envie la coupe lisse de Rose. Pourquoi n'ai-je pas les cheveux raplaplas de ma copine ?

– Étrangle la copine. Cependant, note Rose d'un air docte, le brushing n'est pas obligatoire pour la réunion secrète du Club de la Pluie demain soir.

Elle épie Nadget, qui farfouille dans ses étagères.

– Dans mon départ catastrophe, s'énerve Nadget, j'ai oublié ma jupe plissée en... Hein ? Quoi ! Une réunion du Club ? !

– Chut ! ordonne Rose, comme si de longues oreilles allaient jaillir hors des murs.

– Une réunion secrète ? Pour quel motif ? Il s'est passé des trucs pendant mon absence ? hoquette Nadget, les yeux brillants. Quoi ? Vite, raconte !

– Tu gardes tout ça pour toi ?

– Pas sûr. Mais tente ta chance.

UN TIBIA OU UN ORTEIL

À la table du dîner, Ambroise et Milo découvrent Nadget, poussent des clameurs de surprise, puis démarrent illico une danse sioux autour de sa chaise.

– Qu'est-ce que tu fiches là ? s'écrie Milo en posant son plateau.

– Toujours cette même question ! soupire Nadget. J'ai fui la peste. Question de vie ou de mort.

Elle relate dans les détails la scarlatine de Saladin. Entre-temps, les taches coccinelle vitaminée sur les joues de son frère ont pris l'aspect de fraises Tagada qui explosent en faisant *tlêêk* quand on les presse… Rose écoute en souriant. Nadget est de retour au Club !

– Je comprends le regard espiègle de M. Belloc tout à l'heure, se rappelle alors Milo. Il savait que je ne savais pas !

– Espiègle ? M. Belloc ? relève Rose en plissant une narine. Dits ensemble, ces mots sonnent bizarre. Comme « cantine » et « haute gastronomie ».

– Pas bonne, ma soupe ? taquine une voix, derrière.

– Oh, euh, bafouille Rose. Les soupes des Pierres-Noires sont les meilleures du monde, Soazig ! Je causais des cantines… en général.

– Ah, tant mieux. Or donc, vous allez me finir ce fond de marmite.

La jeune cuisinière, narquoise, emplit des louchées de soupe qu'elle verse dans les assiettes, puis s'éloigne en s'esclaffant.

– Tiens, dit Nadget en poussant des morceaux de pain vers Rose. Cesse de faire ta tête de mérou frit et mange ça avec.

– Nadget vient de les trancher de ses innocentes mains, encourage Milo.

– J'exige en ce cas qu'elle y goûte la première ! soupire Rose.

Elle se penche à travers la table et chuchote aux garçons :

– À propos de mains innocentes, je lui ai fait un rapport complet sur… ce que vous savez.

Les autres membres du Club opinent d'un battement de cils et c'est dans un silence de pape qu'ils terminent la totalité de la soupe.

À la fin du repas, quelques élèves aident Soazig à débarrasser les tables, les plus courageux montent en salle d'étude, les autres vont prendre l'air dans le parc, sous la surveillance de Mlle Mordent.

Milo, Rose, Ambroise et Nadget tiennent conciliabule sous le préau. C'est tellement génial d'être réunis au complet, si excitant d'avoir un nouveau secret à partager !

– Je ne peux pas rester longtemps, avertit Ambroise. N'oubliez pas, j'ai baby-sitting.

Il fronce le nez à l'intention de Rose. Milo l'imite. Rose se souvient alors. Elle fouille dans son sac, extirpe le paquet-cadeau, et le tend à Nadget qui vire toute rose.

– Pour… môa ? bredouille-t-elle.

– On s'est cotisés pour fêter ton retour, dit Rose, sourire en coin. Disons que, maintenant, ça va honorer ton, hum, faux départ.

– Si c'est le piano à queue dont je rêve, fait Nadget en se dépêchant de dénouer le ruban pour cacher son émotion, vous vous êtes trompés de modèle !

Elle déballe les barrettes dorées (sa couleur préférée) serties de hiboux (son animal préféré), gravées de la lettre P comme Praducci (sa marque préférée) et pousse un cri d'allégresse.

– Ah, j'adore les pianos à queue qu'on accroche dans les cheveux !

Nadget imprime une bise sonore sur la joue de ses trois amis qui se tortillent, à la fois ravis et confus. Elle embrasse sur la truffe Clipper, qui en redemande.

– Mais quelle folie ! Praducci... Ç'a dû vous coûter un tibia !

– Oh, à peine un orteil, grommelle Milo en écartant un moustique qui n'existe pas.

– Une nouvelle boutique en ville. Luxe Promo. Ça veut dire que c'est du cher... pas cher, dit Ambroise, chassant de son tee-shirt une poussière qu'on ne voit pas.

– Des machins de luxe dégriffés, quoi ! résume Rose. Je sens qu'on va t'y voir souvent, Nadget.

– Parfait pour maintenir la salade frisée qui me sert de cheveux ! dit son amie en enfermant dans ses nouvelles barrettes des boucles plus agitées que jamais par le vent et l'excitation. Luxe Promo... ? Ça se trouve où ?

– Ah, je savais bien. C'est à deux pas du théâtre Chateaubriand.

– J'aimerais bien y aller demain. Oh, juste pour un coup d'œil.

– M'étonnerait que Mlle Renard fournisse un bulletin de sortie ou mobilise un surveillant pour escorter Miss Nadget Mellaoui à son shopping. Attends mercredi, c'est le jour des sorties.

Nadget exhale un soupir. Ce sera dur d'attendre jusqu'à mercredi.

– Est-ce que tante Astarté ne pourrait pas… ? risque-t-elle.

– Elle était disponible aujourd'hui uniquement, la refrène Milo.

– Les pieds de Zoé sont en train de se transformer en péniches ! lance soudain Ambroise.

On le dévisage avec perplexité. Il a son sourire qui sautille.

– Maman doit lui renouveler son stock de chaussures pour l'été. C'est prévu pour demain après-midi. Je pourrais lui demander de…

– Tu es un frère, matelot ! clame Nadget en l'empoignant par les épaules pour lui plaquer deux suppléments de bises.

– Si j'étais ton frère, grommelle-t-il en s'essuyant une joue faussement choquée, j'aurais une tronche de coccinelle survitaminée ou de fraise Tagada.

– Allons-y tous ensemble, propose Rose. Sois prévenue, Nadget : Pas touche aux peluches. La vendeuse est aussi avenante qu'un buisson d'orties.

DRÔLES DE NOUNOURS

Ce long week-end du 8 Mai a décidément un doux avant-goût d'été. Grand soleil et grand bleu... Après une matinée passée à naviguer sur les Optimist de l'école de voile, l'après-midi de flânerie en ville double le plaisir.

Sur les pavés de la ville close, les enfants suivent Mme Lupin qui pilote la poussette de sa petite Zoé.

– Pourvu que la boutique soit ouverte, s'inquiète Nadget.

– Avec tous ces touristes, il y a des chances, rit la mère d'Ambroise. Même les jours fériés.

C'est une jeune femme à la blondeur décontractée, dont l'humour s'illustre, entre autres, par des détails vestimentaires qui plongent Nadget dans un ravissement constant. Aujourd'hui, par exemple, Rosalie Lupin a noué un foulard orange en guise de ceinture à son jean, osé des boutons tous différents à son corsage et stické des notes de musique sur la toile de ses baskets.

Rose est en quête de cartes postales pour ses parents. Milo, lui, lorgne les pantalons, compare mentalement les prix. Il n'en possède que deux. Ses parents, forains et gens du voyage, ne sont pas riches. Quant à Ambroise, il marque un stop devant chaque pâtisserie ou chocolaterie, florissantes à Saint-Malo. Mme Lupin leur offre à chacun un craquelin, spécialité locale.

– Mon magasin de chaussures est là, indique-t-elle, non loin du théâtre. Votre boutique juste derrière.

– Je préfère aller voir les cartes chez le marchand de journaux, dit Rose.

– On t'accompagne, décide Milo. Ambroise et moi, on feuillettera les revues de cinéma et de jeux vidéo.

– Prenez Clipper avec vous, propose Mme Lupin. Tous ici dans un quart d'heure.

Nadget, des feux d'artifice dans les pupilles, ne suit personne et file s'engouffrer chez Luxe Promo à la vitesse du voyageur qui renifle l'oasis au terme d'une expédition au Sahara.

Il n'y a pas la dame revêche annoncée mais un monsieur, parfaitement indifférent, qui la laisse fouiner à sa guise. Il est occupé par un arrivage de sacs à main. Nadget examine tout, touche à tout, farfouille partout.

– Des sacs Fuiton ! ? repère-t-elle soudain, la narine en vrille.

L'homme a le crâne aussi chauve et brillant que le rouleau d'adhésif qu'il découpe, par intervalles, avec ses dents.

– Mmm. Mmm, maugrée-t-il.

– Ils coûtent combien ?

Il lâche un prix dont la modestie nargue le système capitaliste mondial.

– Je peux regarder ? demande-t-elle poliment, pour cacher qu'elle est abasourdie et pas loin de craquer.

C'est vraiment bon marché – et bientôt l'anniversaire de sa mère ! Elle s'empare d'un sac, l'étudie sous toutes les coutures, longuement, méticuleusement. Au fur et à mesure, son front se plisse. Une question piaffe sur le bout de sa langue. Finalement, Nadget la retient et se contente de cette formule floue qui ne mange pas de pain :

– Je vais réfléchir.

L'homme hausse une épaule qui s'en fiche bien.

Dans un dernier tour, Nadget examine quelques objets encore, détaille avec attention les étiquettes. Elle s'empare d'un ours en peluche dans une caisse. La réaction ne tarde pas. Les copains l'avaient prévenue.

– On ne les vend pas ! s'écrie l'homme, sortant de son indifférence et de ses cartons pour, d'un geste vif, le lui ôter des mains.

– Oh… pardon.

Après un merci et un au revoir affables, elle vide les lieux. Par la vitrine, elle entrevoit l'homme qui repousse les caisses de peluches à l'abri, vers l'arrière-boutique.

Elle court rejoindre les autres qui attendent à proximité du théâtre. Un vent ombrageux s'est levé et souffle avec tonus. Mme Lupin n'est pas encore revenue du magasin de chaussures.

– La *fashionista* n'a rien acheté ? s'étonne Milo.

– S'il te manque des sous, dit Rose, je peux t'en prêter.

Nadget reste muette, méditative.

La mère d'Ambroise réapparaît enfin avec Zoé dans sa poussette et des paquets dont les garçons s'empressent de l'alléger.

– Rentrons vite ! dit-elle. Ces gros nuages ne me disent rien de bon.

Nadget attire Rose par le coude, à l'écart.

– Je n'ai rien acheté, dit-elle dans un murmure, parce qu'il n'y avait rien à acheter. Tu connais le logo des bagages Fuiton ?

– Euh, répond Rose, qui se moque bien des marques et ne prête aucune attention à ce genre de détails. Tu parles de la girafe qui danse ?

– Une antilope. C'est une antilope qui galope vers la droite.

– …

– Sur les sacs que vend cette boutique, l'antilope galope vers la gauche !

– ..

– Et ce n'est pas tout !

D'une poigne pleine d'ardeur, Nadget houspille la manche de son amie.

– Figure-toi que j'ai soulevé un des ours… Eh bien, il était sacrément lourd pour une peluche !

*
* *

Deux mystères pour une seule séance ! Voilà de quoi occuper quatre cerveaux. Une bouteille de soda et les bugnes au sucre glace de Mme Lupin viendront occuper, quant à elles, les estomacs du Club de la Pluie.

Un orage a éclaté au dîner et ne cesse de gronder depuis.

La Goguette, la cloche qui sonnait le couvre-feu jadis, quand les Chiens du Guet montaient la garde sur les anciens remparts de la ville, vient de carillonner ses dix coups. Dix coups qui chevauchent les rafales, les éclairs, et traversent les vieux murs des Pierres-Noires…

Dehors, c'est la nuit et la tempête. Dedans, le pensionnat profondément endormi.

Une porte s'ouvre… Quatre bipèdes se faufilent tout en haut de la vieille tour, suivis d'une ombre nantie de quatre pattes.

TEMPÊTE DANS LA TOUR

Autour d'une vieille caisse en bois de chêne, éclairés par une bougie calée au centre, Milo, Rose, Ambroise et Nadget tiennent leur assemblée, perchée et secrète, dans la mansarde même où, à l'automne passé, leur Club a délivré une âme innocente qui appelait au secours*.

Par l'unique fenêtre, à peine plus large qu'un cahier de CP, tourbillonnent les éclairs et les branches échevelees.

La discussion du Club est assez échevelée, elle aussi.

Impossible de tomber d'accord.

– L'important, c'est d'abord d'explorer cette boutique ! attaque Nadget. On tient là une vraie énigme.

– Pourquoi « d'abord » ? réfute Ambroise. La grotte

* Voir *Le Club de la Pluie au pensionnat des mystères.*

de Long John Silver de Saint-Malo est une énigme tout aussi importante.

– On va s'occuper des deux, assure Milo.

– Organisons-nous ! renchérit Rose.

– Vous nous imaginez débouler à la boutique et demander pourquoi l'antilope du logo Fuiton galope à gauche ? Tout ça parce qu'une évaporée nous jure qu'elle doit galoper à droite ? ricane Ambroise.

– Tu parles de moi, là ? fulmine Nadget dans les zigzags de l'éclair qui illumine à cet instant la pénombre.

– Oh, je te rassure, grogne Ambroise dans le tonnerre qui succède, ça ne peut pas durer plus d'une minute.

– Espèce de Gogo sapiens, va !

Elle lui expédie une bugne au sucre. Ambroise l'attrape au vol et la croque en riant.

– OK, ça va, tous les deux ! stoppe Milo, main levée à la Jules César. N'empêche, j'ai eu la même impression bizarre que Nadget quand Rouletabille m'a rendu la peluche dans la boutique. Je me suis demandé ce qui m'intriguait… C'était son poids, en effet.

– Votons ! tranche Rose. Le mystérieux ciré dans la grotte cachée ? Ou les oursons qui pèsent un mammouth ?

Ils votent, donc, sous l'arbitrage déchaîné de la foudre et du tonnerre.

De temps à autre, ils fixent anxieusement la trappe qui barricade les combles au-dessus de leurs têtes, et qui vibre sur ses huis.

Nadget et Ambroise demeurent sur leur position – et opposition. Rose et Milo sont favorables à une enquête sur les deux fronts. La démocratie n'aimant guère la parité, on demande l'avis de Clipper. Mais il est d'accord avec tout et tous. La démocratie n'aime pas davantage l'égalité.

– OK ! conclut Nadget. Puisqu'on n'avance à rien, je descends prendre un bain.

– Je te le conseille bouillant ! lance Ambroise.

D'une main énergique, Rose oblige leur amie à se rasseoir.

– On se divise en deux groupes et on se partage le travail ? se radoucit Ambroise.

– On fera tout ensemble ! objecte fermement Nadget. On est un Club, pas deux.

– D'accord avec Nadget, déclare Milo.

– Moi aussi. D'ailleurs, observe Rose, pour déplacer le gros rocher, on ne sera pas trop de quatre.

– Vrai, reconnaît Ambroise. Je n'avais pas pensé à ça.

– On décide quoi ? interroge Milo, le nez levé vers le tumulte du toit.

La pluie bat les tuiles dans un roulement de machine à laver grand format.

– Il ne nous reste pas tellement de temps avant la reprise des cours et le retour des autres élèves, réfléchit-il. Planifions les opérations.

Ils acquiescent. « Planifions les opérations » est une phrase de vrais détectives de séries télé ou de *buddy movies*. Une phrase qui fouette le courage lorsque les trombes et le vent rugissent sur votre crâne et vous donnent la sensation d'être le frêle chiffon dans la machine à laver grand format.

– Demain soir, tous à la grotte secrète ! lâche Milo.

– La nuit ? ! ! s'exclament d'une voix ses camarades.

– La nuit, répète-t-il, solennel. On vaquera en paix. En plein jour, c'est risqué. Baigneurs, promeneurs, pêcheurs, école de voile… C'est trop la foule.

– Sans compter qu'on peut tomber sur Roch, approuve Rose. D'accord pour demain soir.

– On s'éclipsera après extinction des feux, comme pour se réunir ici. Au lieu de quoi, on fera le mur.

Ils se taisent, le temps de savourer cette excitante proposition, d'écouter les rafales là-haut qui ébranlent la trappe. On dirait qu'un prisonnier déchaîné, derrière, essaie de s'échapper. Brrr. Le doigt chaud et froid de l'aventure leur chatouille l'échine, les fait frissonner. Clipper dresse les oreilles et la truffe.

– Pour la boutique, attendons plutôt mercredi. C'est le jour des sorties autorisées. On dira qu'on va à la bibliothèque.

– Mercredi, ce n'est qu'après-demain après tout… Hou ! C'est quoi, ce vacarme ?

– Hé ! Venez voir ! s'exclame Nadget en se précipitant à la fenêtre. Les tuiles du toit font une partie de Quidditch en plein ciel !

Les tuiles tournoient sous l'orage en un furieux sabbat de sorcières autour des arbres hirsutes. Le spectacle est saisissant. Lorsqu'ils reviennent en place autour de la caisse en chêne, la bougie commence à fatiguer.

– J'emprunterai du matériel dans la remise de papa, propose Ambroise pour prouver qu'il n'est ni obstiné ni rancunier. Une corde, des piles, cette sorte de choses…

– Que c'est palpitant ! s'écrie Nadget, épanouie. Je m'occupe de la trousse à pharmacie au cas où on se blesserait. Et j'ai ma mini-pochette à couture si on fait un accroc à nos pantalons.

Clipper scelle l'entente retrouvée en pulvérisant la dernière bugne entre deux molaires. Milo se lève et range la vieille caisse contre le mur.

Un fracas retentissant les fait tous sursauter. La machine à laver grand format émet maintenant des grincements de bétonneuse. Ambroise tapote Clipper, qui s'est mis à gronder.

– Redescendons vite, frissonne Rose. Ce boucan va finir par réveiller quelqu'un, et je n'ai guère envie d'expliquer à la directrice ou à M. Belloc qu'on est montés grignoter des bugnes dans la vieille tour.

Ils vérifient qu'il ne reste aucune trace de leur séance secrète, soufflent la bougie et s'en retournent.

Bipèdes et quadrupède glissent le long des couloirs ténébreux et, fort heureusement, toujours déserts.

– Bonne nuit, Gogo sapiens ! chuchote Nadget à Ambroise.

Chacun va réintégrer en hâte le calme et le moelleux de son lit.

– Traqueurs de pirates borgnes... Chasseurs de peluches bizarres, marmonne Nadget avant de fermer les yeux dans l'oreiller. On est le Club que le Ministre devrait inscrire à son programme !

SUR LE TOIT

Au matin, ciel et soleil rutilent, tels des bébés fraîchement lavés.

Le parc, en revanche, est une désolation. Des branches ont giclé en travers des allées, les tuiles jonchent en ribambelles les pelouses.

Bien avant le réveil du pensionnat, Mlle Renard a téléphoné à une entreprise débordée par les appels au secours mais qui a promis d'envoyer un intérimaire. Plus tard, elle descend retrouver le gardien, M. Lupin, derrière le bâtiment ouest où les dégâts sont les plus importants.

– Tu as de petits yeux, fait-elle remarquer à Ambroise qui accompagne son père, flanqué de Clipper. Cette tempête affreuse nous a tous empêchés de dormir…

La directrice des Pierres-Noires est toujours

soucieuse de ses ouailles. Ambroise acquiesce d'une moue dolente qui incrimine vaguement ladite tempête. Si Mlle Renard savait que, cette nuit, le Club de la Pluie a assisté au spectacle des tuiles disputant une partie de Quidditch sous l'orage !

Une voiture franchit le portail et vient freiner près d'eux en évitant les bois chutés au sol. La portière s'ouvre, le conducteur sort.

– Entreprise Korvo ! annonce le jeune homme à bandeau noir qui vient les saluer en boitillant. Je suis l'ouvrier intérimaire, mon nom est Roch, dit-il en serrant les mains.

Pour montrer qu'il le reconnaît, il adresse une petite grimace d'amitié à Ambroise qui le fixe, bouche bée.

– On s'est déjà rencontrés ! Et lui aussi, je le connais, ajoute-t-il, rieur, en ébouriffant le poil frétillant de Clipper.

De son œil tout seul, il évalue les méfaits de la tempête.

– On va tâcher de remettre tout ça d'aplomb, dit-il aimablement à Mlle Renard. Il me faudrait un accès au toit. Où se trouve la fenêtre la plus haute ?

– Dans la tour. Mais la pente est raide, précise la

directrice, visiblement tracassée par cette jambe que Roch baguenaude à sa façon.

Il glousse comme si c'était la réflexion la plus cocasse du monde.

– Les toits, ça me connaît. Je vous suis.

Ambroise bredouille une excuse et s'empresse de détaler, Clipper aux trousses, en direction du réfectoire où Milo, Nadget et Rose terminent leur petit déjeuner.

– Long John Silver de Saint-Malo est ici ! Dans la tour ! lance-t-il hors d'haleine. C'est lui qui vient réparer les tuiles !

Rose se pince le menton, signe d'une cogitation soutenue.

– Que St Estomac et Ste Coïncidence me fassent ingurgiter de la gelée d'épinards à tous les repas jusqu'à Noël !

– Hum, dit Nadget, à ta place j'opterais plutôt pour de la glace au nougat. Ça rend malade aussi, mais plus agréablement.

– Malades ? Avec mes glaces ? grimace la cuisinière en passant, une pile de plateaux sur les bras. Comment ça ?

Ils éclatent de rire.

– Pas les vôtres, Soazig ! Ces horribles glaces avec

colorants et parfums synthétiques. Les vôtres, on peut en avaler cent litres, on n'est jamais malades.

– Cent litres ? marmonne Soazig. Avec toute cette crème que j'y mets ? Faudra ensuite laver vos estomacs au bicarbonate.

– Qu'est-ce qu'on fait ? interroge Milo une fois qu'elle s'est éloignée.

– On va de ce pas faire un coucou au pirate.

*
* *

Long John Silver de Saint-Malo déambule sur le toit de la vieille tour. On l'entend arpenter et siffloter *Aux marches du palais* par la trappe ouverte sur les combles. Une haute échelle est appuyée au bord.

– Hé ho ! crie Rose au pied de l'échelle. Il y a quelqu'un ?

Le sifflotement cesse. Par l'ouverture, là-haut, l'œil tout seul apparaît. Dessous, le sourire, blanc, terriblement chaleureux.

– Hé ! Hé ! Mais c'est le Club de l'Averse !

– De la Pluie, rectifie Nadget.

Roch se laisse glisser le long de l'échelle jusqu'à un atterrissage en souplesse, façon gymnaste olympique. Il s'essuie les mains à un chiffon glané au fond de sa poche.

– Tu n'étais pas avec les autres, toi, l'autre fois ! note-t-il en saluant Nadget.

– Nadget. Je suis arrivée hier.

– Roch. Fichu grain, la nuit passée, hein ? Mais ce pensionnat est un cuirassé, il en verra d'autres. On a une sacrée vue de là-haut. Vous connaissez ? Non ? Allez, montez donc.

Une poussière d'hésitation flotte dans la vieille tour…

L'idée est tentante. Sûrement personne aux Pierres-Noires n'a jamais osé culminer à ces hauteurs.

– Ce n'est pas un peu dangereux ? hésite Ambroise.

– Il y a une rambarde autour. Elle est solide, mais ne vous penchez pas

– J'ai peur d'abîmer mes tropéziennes, dit Nadget en exhibant ses fines sandalettes roses.

– Laisse-les là, lui enjoint Milo. Pieds nus, ça dérape moins.

– Je vais devant. Vous suivez, les enfants ?

En haut, le paysage et le vent coupent le souffle.

– Vous distinguez cette mouche, à l'horizon ?

– Le Mont-Saint-Michel ? s'ébahit Ambroise.

– Si quelqu'un nous observe de là-bas, on doit lui faire l'effet de grains de riz. À gauche, c'est la Rance et son barrage. Et au bout de mon doigt, à côté de nous, le château d'Anne de Bretagne… Notre mairie ! Vous ne l'aviez jamais vue comme ça, hein ? dit Roch, hilare.

Les enfants écarquillent des yeux extasiés, tournent autour de la rambarde, flottent dans le vent.

– Aïe ! couine Nadget, qui sent qu'on lui accroche les cheveux.

C'est un clou. Un pauvre clou qui rouille d'ennui depuis trois siècles parmi les pierres et qui s'offre là une petite distraction. Une fois en trois siècles, qui pourrait lui en vouloir ? Nadget tire, tire en criant aïe aïe aïe… On entend un léger tintement. La main de Roch décrit une ellipse à travers l'espace et intercepte un objet qui s'envolait.

– Tiens, dit-il en le restituant à Nadget. Ton hibou se faisait la malle.

– Merci ! dit-elle en coinçant une mèche dans la barrette qu'elle a failli perdre. Et, d'un pas de côté, elle s'écarte prudemment du clou farceur.

Milo se rappelle brusquement pourquoi ils sont là. Il pivote sur un talon, prend appui à la rampe qui clôture le faîte de la tour à la façon d'un anneau magique, petit frère jumeau des remparts qui encerclent la ville.

– Regardez ! La plage où on était ! s'écrie-t-il. Avec l'îlot du Grand-Bé en face.

Paupières mi-closes, il pointe un doigt comme Christophe Colomb pointa le sien à l'apparition de ce qu'il croyait être les Indes.

– On voit distinctement le gros bloc ! Celui par où Clipper avait disparu. Dites donc… On n'aperçoit pas quelque chose ? Caché juste derrière ?

Les autres comprennent au quart de tour.

– Tu as raison ! dit Rose, feignant la surprise. Il y a un truc sombre, en effet…

– Un trou ? renchérit Ambroise. Une niche ?

– Une cavité… Une grotte peut-être ? suggère Nadget, candide.

Ils coulent un œil oblique vers le jeune homme. Va-t-il réagir ? Tourné vers le ciel, impassible, Roch sifflote son air. *Aux marches du palais, aux marches du palais*… Aussitôt, de l'horizon des remparts, deux points se détachent, grossissent, approchent, approchent…

De grands battements d'ailes emplissent tout à coup l'espace au-dessus. Le goéland et la pie se posent au sommet de la tour. Roch sort une poignée de miettes de sa poche, qu'ils viennent becqueter au creux de sa paume.

– Mon père affirmait que le bec d'un goéland vous taille une haie de buis mieux qu'un sécateur. Il aimait beaucoup les oiseaux, ajoute le grand garçon après une pause. Et aussi se balader sur les toits. Comme moi. C'est d'ailleurs là qu'on trouve les oiseaux, pas vrai ? En l'air.

Il y a comme des ricanements, microscopiques, enfouis, entre ses mots.

– Ton papa… Tu parles de lui au passé ? demande Rose dans un souffle, presque en suspension.

Il distribue la mie aux oiseaux qui, sitôt fini, s'envolent à tire-d'aile.

– Papa voulait jouer au Père Noël. Il s'était mis en tête d'entrer dans la maison par la cheminée. C'était un 24 décembre, à minuit… Pour nous faire la surprise, voyez ? Nous apporter les cadeaux. J'avais demandé une cape de Batman.

Il hausse les épaules, son œil tout seul braqué sur cette mouche de Mont-Saint-Michel.

– Il avait des idées complètement tartes, des fois, papa. Mais celle-là, c'est la plus tarte qu'il ait jamais eue… Et la dernière.

– La dernière ?

Ils sentent leur gorge se nouer avant même de comprendre ce qu'ils devinent.

– Notre cheminée était sacrément pourrie… Il est tombé avec. Schuss direct du toit au sol… Dix mètres. Papa est mort en costume de Père Noël, à minuit. L'heure du crime.

Les enfants se taisent, bouleversés.

Il frotte son bandeau du tranchant de l'index, comme si l'œil caché dessous était un insecte désagréable.

– La cape de Batman, elle ne ressemblait plus à rien.

Ils n'osent même plus respirer. Ni parler. Surtout pas de la grotte.

– Bon, on redescend ? Si la dirlo apprend que je vous ai fait grimper jusqu'ici, je vais récolter cent lignes à copier ! dit-il, retrouvant son rire.

Ils dévalent les barreaux de l'échelle. En bas, Nadget rechausse ses sandales. Juste avant de se séparer, Roch plonge soudain la main dans la poche de son jean.

– Ho, Rose. Tiens. J'allais oublier.

Il lui tend un objet. Elle pousse une exclamation de surprise.

C'est le coquillage qu'elle n'a pas pu ramasser l'autre fois. Le si drôle, en forme de chausson aux pommes, au nacré d'une perle. Il est encore plus ravissant que dans son souvenir, lisse et frais comme une prune.

– Merci, balbutie-t-elle, encore secouée par l'histoire du Père Noël sur la cheminée toute pourrie. C'est gentil. Je pensais retourner le chercher.

– Eh bien, voilà. Comme ça tu t'éviteras cette peine ! répond-il, enjoué. Bon, zou, filez. J'ai du boulot jusqu'aux cheveux.

Un dernier signe, et il remonte l'échelle à la vitesse de l'éclair avant de disparaître par la trappe. Invisible, il se remet à siffloter son air.

– Un fichu acrobate, dit Ambroise, un peu platement. Malgré sa jambe.

– Oui, dit Rose avec un drôle d'air. C'est un monte-en-l'air.

Elle étreint le coquillage dans son poing. Elle aussi, parfois, dissimule des ricanements entre ses mots.

– Il ressemble au danseur de *West Side Story*. Vous savez, celui qui joue le chef de la bande des Sharks ? dit Nadget, l'incollable de la comédie musicale. Presque aussi beau.

EN AVOIR LE CŒUR NET
Le Club tient une réunion secrète et dresse un plan d'action
il faudra s'éclipser du pensionnat la nuit.
N'est-ce pas terriblement dangereux ?

LA VRAIE HISTOIRE

Le dernier cours de voile avant le retour des autres pensionnaires est un pur enchantement de soleil, de brise, d'embruns, et d'éclats de rire. Il n'a qu'un défaut, mais gros : il ne donne au Club de la Pluie ni le frisson ni le parfum d'aventure que distille, tout au long de la journée, la perspective de la nuit à venir.

Ils ne goûtent pas davantage au repas de midi concocté pourtant avec affection par la cuisinière des Pierres-Noires.

– Vous ne reprenez pas de mon kouign-amann ? s'étonne Soazig. Je n'en referai pas de sitôt, vous savez. C'est trop de boulot quand le pensionnat est au complet.

Rose chipote, en coupe une lamelle pour faire plaisir, mais ne va pas au-delà d'une demi-bouchée. Nadget et Ambroise déclinent. Le kouign-amann fait un gros coussin moelleux sur leur ventre. Et puis, ils se sentent trop énervés, si excités à l'idée de ce qui les attend, ce soir, quand la grotte secrète s'ouvrira derrière le rocher. Milo glisse sa part à Clipper sous la table.

Philibert, de la sixième A, happe l'assiette de Rose et l'achève.

– Ne me le paie pas, lui lance-t-elle, offre-toi cinq séances chez le dentiste à la place.

– Bon ! dit Soazig, qui est de retour. Aidez-moi à débarrasser les couverts puisque vous avez tous fini.

Ils obéissent sans moufter, signe qu'ils sont manifestement à l'ouest. Ils empilent assiettes et verres après avoir vidé les restes dans la poubelle à compost.

– Prenez garde, la porte du lave-vaisselle se coince une fois sur deux, prévient la cuisinière. Faut qu'on fasse venir quelqu'un. Un lave-vaisselle qui ne lave pas la vaisselle n'est qu'un vulgaire seau d'eau, pas vrai ?

– Qui c'est qui a dit ça ? sourit Ambroise.

– Victor Hugo, sûrement. Il a tout dit. D'après Mlle Renard, le garçon qui est venu remettre nos tuiles est un as du rafistolage, continue Soazig. Peut-être qu'il saura nous arranger ça.

– Roch s'occupe de toitures, pas d'électroménager, objecte Milo en déversant les couverts dans l'évier.

– Roch ? interroge Soazig. Pas Roch Le Toudic ?

– On ne connaît pas son nom de famille.

– La patte folle ? L'œil calfeutré derrière un machin noir ?

Ils acquiescent.

– C'est lui. Attention, mon grand, on ne mélange pas les couteaux et les cuillères. J'ignorais qu'on l'avait embauché. C'est quand vous avez mentionné les toitures…

– Vous le connaissez ? demande Rose.

Soazig resserre l'élastique de sa queue-de-cheval, enfile ses gants de caoutchouc avec des mines de chirurgien avant une intervention cardiaque. C'est une grande jeune femme aux captivants yeux violets. À l'époque où la mode raffolait des formes généreuses, elle aurait été mannequin, Nadget en est convaincue.

– Je l'ai connu tout minus, Le Toudic. Il démarrait le CE1, je préparais mon CAP d'hôtellerie. Nos parents étaient voisins. C'était un si gentil gamin… Jusqu'à cette tragédie.

– Il nous a raconté, dit Nadget. La mort de son papa. Horrible.

– Son papa ? répète Soazig en secouant des saladiers sous le robinet. Qu'est ce que vous me chantez ? Son père est bien vivant, Dieu merci. Il tient le garage avant Cancale. Non, le malheur, c'est quand le pauvre garçon a perdu jambe et œil. Quatorze ans, c'est jeune pour regarder le monde d'un seul côté et le parcourir sur un pied ! Tout ça pour épater Mylène Villéon. Une fille de sa classe, en troisième, qui s'en fichait bien, de ce mariole.

– Qu'est-ce qui s'est passé ? demande Ambroise en délogeant le flacon de lessive du placard.

– Il a escaladé le toit du collège. Il a glissé d'en haut comme un skieur sur la piste. Blam. Un an d'hôpital et de rééducation.

Elle verse la lessive dans la machine.

– Après, Le Toudic, ça n'a plus été le même. Il a laissé les études en plan, plus de goût à rien. Ils ont déménagé. Il s'est mis à traîner avec des louches. On se demandait s'il ne virerait pas bandit. Bon, s'il s'est remis au travail, c'est que ça va probablement mieux...

– Les toits, murmure Nadget, on dirait que c'est sa marotte, hein.

– On dirait bien. Merci mille fois, les enfants. Vous pouvez retourner jouer.

Ils se rincent les mains avant de lui souhaiter bon après-midi. À la hauteur du CDI, Rose s'arrête subitement au milieu du couloir et crache tout haut ce qu'ils ruminent en silence depuis les cuisines :

– Long John Silver de Saint-Malo est un fichu menteur ! Le Père Noël ! La cheminée pourrie ! La cape de Batman ! L'heure du crime ! Que des blagues à dormir debout... Il nous prend vraiment pour des cloches.

Sa voix est pleine de dépit, de colère.

– Bah, des frappadingues qui imaginent des romans, il en existe des millions. Ils s'appellent écrivains... ou mythomanes, répond doucement Milo, qui, lui, se sent plutôt triste.

– Quand même, marmonne Ambroise, vaguement scandalisé. Il a fait mourir son père... qui n'est même pas mort.

Le silence campe un bon moment dans le couloir avant d'emboîter le pas à Cathy, la lingère, qui sort d'une pièce avec plein les bras de rideaux à laver, et leur sourit en passant.

– Il est grave cinglé, reprend Nadget lorsqu'ils sont à nouveau seuls. Aussi cinglé que le chef de la bande des Sharks dans *West Side Story*. Et presque... presque...

– ... aussi beau ? achèvent ses trois camarades en chœur.

Ce qui les fait rire, un peu, et leur adoucit le cœur.

*
* *

– Lisez. Vérifiez si j'ai oublié quelque chose.

Ambroise est un aventurier très pragmatique. Il va souvent crapahuter avec ses parents, amateurs de randonnées, sur le sentier des Douaniers.

Voici ses notes pour l'expédition nocturne de ce soir :

Équipement pour l'exploration de la grotte

* 4 lampes de poche en état de marche (chacun la sienne)
* Piles neuves de rechange (pour les lampes ci-dessus)
* Une corde en Nylon (moins lourd à porter)
* Une boussole (celle de Nadget)
* Un téléphone chargé (celui de Rose)
* 2 bobines de 50 mètres de ficelle à volaille (voir en cuisine)
* Un couteau suisse (à papa)
* Un piolet d'escalade petit modèle (aux parents)

* Une gourde remplie d'eau (pas de Coca, ça donne soif, ça déborde et ça fait du bruit quand on ouvre)

* Des barres de céréales (à volonté, choco si possible)

* 2 paires de gants caoutchouc taille S (s'il faut tripoter des vieilles algues)

* 1 crayon + 1 carnet (pour noter des mesures, envoyer des messages de détresse, faire un garrot, etc.)

* 1 petite trousse à pharmacie avec désinfectant, compresses, pansements, etc. (Nadget)

– Le piolet, idée de génie ! s'extasie Rose. On aura certainement à gratter ou à desceller des rochers. On trouve tout ça dans la remise de ton père ?

– On trouve, fait Ambroise, la paupière modeste.

– À moi le téléphone et les barres de céréales, dit Rose.

– Et à moi la gourde et le couteau suisse, dit Milo. Tout ça me paraît parfait. Pourquoi as-tu écrit « faire un garrot » après « 1 crayon + 1 carnet » ?

– Jamais vu *Operation Survivor* ? On noue la ficelle à volaille autour du membre blessé, on tourne le crayon autour de la ficelle pour serrer en étau… Le sang arrête de couler, c'est magique.

– Beuh ! fait Nadget, dégoûtée. J'espère qu'on n'aura rien de ce genre. Petite précision : les pansements de ma trousse de secours sont tous rose dragée, personne n'a rien contre ?

– Misère, soupire Rose. Pourvu que je ne m'écorche pas le genou.

– Tu seras écorchée mais ravissante, et ton genou sera assorti à ton prénom. Je rajoute l'antimoustique. OK pour la boussole, Ambroise, mais tu oublies… *ceci !* claironne Nadget, un brin narquoise.

Elle exhibe un tube de brillant à lèvres pétunia. Ambroise roule les yeux au ciel puis explose de rire.

– Ce n'est pas du tout une blague ! s'insurge-t-elle. Si on tombe sur un labyrinthe, mieux vaut pouvoir inscrire des repères aux murs pour éviter de se perdre.

– Pourquoi pas une banale craie ? Il y en a plein l'école.

À Nadget de s'esclaffer avec pitié.

– De la craie sur une paroi humide ? Ça ne marque pas, ou bien ça s'efface. Alors que mon merveilleux *Pinky Glossy*, lui, est gras, résiste à l'eau et sait rester discret ! conclut-elle avec un sourire aérien.

– Elle n'a pas tort, admet Milo. Embarque ton *Rosy Rosy*, Nadget. On ne sait jamais.

– *Pinky Glossy*, s'il te plaît. N'oublions pas des pulls.

– Ni des sacs à dos, enchaîne Rose. En route pour l'aventure !

Un chatouillis exquis entre leurs omoplates embellit le son de cette phrase. Rendez-vous est donné dans le parc, derrière le pavillon des gardiens, ce soir, à dix heures moins le quart.

LA GROTTE MYSTÉRIEUSE

La brume est tombée sur la ville comme la goutte de lait dans le flacon d'encre. Les noirs feuillages du parc tremblotent de teintes mercure. La lune ne se voit pas, elle se devine sur un ciel sombrement crémeux.

Dissimulés par une haie, Rose, Nadget et Milo attendent Ambroise. Il est dix heures moins dix et il n'est toujours pas sorti de chez lui.

– Qu'est-ce qu'il fiche ? piaffe Rose. C'est lui qui a la clef.

Au cœur des ténèbres, soudain, la maison des gardiens s'entrebâille avec circonspection, puis se referme. Les silhouettes d'Ambroise et de Clipper courent silencieusement dans leur direction, chassant les nappes de brouillard devant.

– Zoé refusait de s'endormir, papa et maman ne cessaient d'aller et venir. Mais ouf, j'ai réussi à filer.

– La clef?

Ambroise montre sa paume. Cette clef ouvre la porte « fournisseurs », à l'arrière du pensionnat, qui donne sur la rue. Ce raccourci leur évitera de faire le tour et permettra de quitter les Pierres-Noires sans s'éterniser. Ambroise l'a subtilisée au tableau de la loge.

– Prudence, souffle-t-il. Les charnières font un boucan affreux.

Ils actionnent le battant avec des contorsions d'Indiens, mais si habilement qu'il ne grince presque pas.

Les pavés de la ruelle sont uniquement occupés par le brouillard, un brouillard qui traîne ses longs fantômes maigres autour des réverbères, l'air d'avoir besoin de se réchauffer.

– Brrr, fait Nadget en nichant son menton dans son chandail.

– Tant mieux! chuchote Rose. On ne rencontrera personne.

Elle prend la tête du groupe, et cap sur les remparts! Les pavés glissent un peu. Et, c'est ma foi vrai, il n'y a pas un chat.

Ils atteignent les murailles à la seconde où le carillon de la Goguette disperse ses dix coups séculaires. Ils s'engouffrent dans la montée d'un escalier de granit jusqu'au sommet des remparts.

Le chemin là-haut serpente entre les créneaux comme un chemin de ronde, en surplomb des maisons d'un côté, et de la mer de l'autre côté. On voit l'intérieur d'appartements éclairés. La baie de Saint-Malo en face est une féerie de scintillements dans la brume. Les lumières aux fenêtres prêtent à la ville close des allures de paquebot, les phares et les balises donnent à la mer des airs de ville sur les flots.

– Heureusement que les chiens du guet ne font plus de rondes sur les remparts, grommelle Milo. Je n'aimerais pas me faire dévorer les mollets.

– Ouah ! approuve Clipper.

Trois joggeurs en capuche passent en discutant d'une excursion à l'île de Jersey, puis c'est un couple qui promène deux king-charles. Ambroise serre le collier de Clipper. Il appréhende de tomber sur un Malouin qui le connaît, ou connaît ses parents. Ce serait si bête.

Mais ils parviennent sans encombre à la porte des Bés d'où ils accèdent, via les marches à flanc de roche, à leur petite plage. À l'extrémité gauche, un groupe de campeurs fredonnent autour d'un feu de camp allumé sur le sable, une guitare joue un refrain des Kinks. Heureusement, ils sont très loin. Heureusement, il y a la brume.

Le Club de la Pluie leur tourne le dos et fonce à droite vers le bastion enfoncé dans les rochers qui ressemblent, dans cette noirceur au lait, à un troupeau de bisons médusés.

Sous les semelles, le récif est visqueux. La tempête a détrempé les algues et gonflé les flaques à la grande joie des crabes et des limaces de mer.

– Il y avait tant de rochers que ça, la dernière fois ? s'étonne Milo.

– Non. Il en pousse de nouveaux à chaque pluie, grogne Ambroise, dont les talons dérapent.

– Pourvu qu'on retrouve le piquet, murmure soudain Rose. On n'a pas pensé à en emporter.

Zut. C'est vrai. Comment déplacer le bloc sinon ?

Mais ils tombent dessus après quelques minutes de fouilles à la lueur des torches.

– Il a changé de place, remarque Milo. L'autre fois, Roch l'avait jeté de ce côté-ci. C'est donc…

… C'est donc qu'on est venu et qu'on l'a utilisé depuis. Quelqu'un est entré dans la grotte.

Quand ?

Est-ce que ce quelqu'un s'y trouve en ce moment ?

– Le bloc est en tout cas à sa place, lui, dit Nadget en promenant le faisceau de sa lampe. La personne qui est venue doit être ressortie.

– À moins que ce machin ne se ferme *également* de l'intérieur, dit Rose. Qu'est-ce qu'on fait ?

– On continue, bien sûr ! dit Ambroise en glissant le piquet sous la base de la roche.

Il s'arc-boute, aidé de Rose et de Milo ; tous les trois appuient avec force pendant que Nadget oriente sa lampe pour les éclairer. Alors, par la loi des leviers qui démultiplie les forces et déplace les montagnes, le grand bloc s'écarte avec obligeance et amabilité.

– Sésame, ouvre-toi ! murmure Milo. Je pensais que ce serait plus ardu.

– Grâce aux lois de la physique, même Clipper pourrait devenir Superman ! glousse Nadget. Ou Archimède.

Ils restent silencieux. Devant eux, la grotte dégagée est noire comme une bouche sans dents. Le ciré jaune est là, pendu à un pic sur la paroi, tandis que derrière… immédiatement derrière…

– Le souterrain ! chuchote Rose en repoussant le vêtement. Je n'ai donc pas eu la berlue.

Nadget chuchote par-dessus son épaule :

– Refermons de l'intérieur. Si quelqu'un arrive…

– Tu as raison, dit Rose. On l'entendra, ça nous donnera le temps de nous cacher.

– Sauf si le quelqu'un a eu la même idée et qu'il se trouve déjà là-dedans, jette Ambroise, lugubre.

– Prenons le risque, dit Milo après un silence de réflexion.

Nouvelle opération pied-de-biche. Le bloc roule à sa place. Et l'obscurité les embrasse.

Faisceaux braqués, ils s'engouffrent avec Clipper dans le boyau qui troue la paroi à mi-hauteur. Durant quelques mètres, ils progressent en file indienne, à quatre pattes. L'air raréfié est dur à respirer.

– Par pitié, Clipper, peux-tu agiter la queue ailleurs que dans nos oreilles, s'il te plaît ?

Brusquement, ils respirent mieux. Le tunnel s'est élargi et ils peuvent avancer debout, slalomant sur une pente descendante entre des flaques de bouillie verte.

– La voilà, ta gelée d'épinards ! marmonne Nadget à Rose. Bouah, que ça pue ! J'aurais dû prendre mon vaporisateur au muguet.

– Si tu tiens à nous faire repérer, asperge-toi carrément de ton parfum favori.

La mousse suinte des murs crochus, les crabes surpris se figent dans des poses d'araignées et scrutent ces visiteurs assez hardis pour fouler une eau de mer qui n'a pas dû voir la mer depuis Astérix.

Les quatre enfants atteignent une plateforme d'où partent plusieurs galeries en étoile.

Laquelle suivre ?

Nadget tend négligemment son bâton de *Pinky Glossy* à Ambroise. Il le débouchonne, le tourne, en vain, et lâche un borborygme sinistre sous la voûte.

– Marche pas, ton truc.

Nadget cale tranquillement sa torche sous le coude et tourne le tube en sens inverse. *Pinky Glossy* émerge de son logement avec des scintillements sophistiqués assez incongrus dans ce décor de pourriture brune.

Ambroise trace une flèche rose glossy sur la paroi à l'entrée du tunnel n° 1, au coin d'une anfractuosité où la mousse ne pousse pas.

– Dessine plutôt des fleurs. Une différente pour chaque souterrain, c'est moins banal et ça marchera aussi bien… Mais je me rallie à la majorité ! renonce Nadget en hâte, foudroyée par trois paires d'yeux.

– Des chauves-souris ! s'exclame Milo dont le rayon de la lampe balaie des grappes sombres au plafond. Ça signifie que nous quittons l'environnement salé.

– Ça signifie surtout qu'il faut que je fasse gaffe à mes cheveux ! gémit Nadget.

– Les chauves-souris qui s'accrochent aux cheveux, c'est de la légende urbaine, assure Milo. Jamais une chauve-souris ne s'amuse à ça.

– Avec les miens, si ! affirme Nadget. À cause de l'odeur de violette de ma lotion capillaire. Personne n'y résiste.

– Ce n'est pas plutôt qu'elles prendraient tes frisottis pour une toile d'araignée ? demande suavement Ambroise.

– Regardez ! interrompt Rose. Une herse.

Les crocs de la grille, en fer dévoré de rouille, sont maintenus au plafond par une chaîne épaisse.

– *Woufff*, frissonne Ambroise, je n'aimerais pas que ça me dégringole sur la tête.

– Rien à craindre, assure Nadget, onctueuse. Ta tête est déjà pleine de trous.

Ils passent très vite sous la herse. Peu à peu, un grondement sourd prend possession du souterrain, une respiration régulière qui s'amplifie, puis se brise par un vilain bruit d'enclume. Quatre lampes de poche intriguées, anxieuses, balaient la voûte et les murs.

Nadget comprend la première.

– Les vagues ! Nous sommes sous la mer ! Vite, la boussole. La plage est située au nord. Je le sais parce que, lorsqu'on veut bronzer de la figure, il faut se tourner face aux remparts.

Ils se pressent autour d'Ambroise, gardien de la boussole. En effet, ils se dirigent vers le nord, vers la mer, vers…

– L'île du Grand-Bé ?

– Probable. Allez, on continue.

Mais à une centaine de mètres, une seconde herse leur barre la route définitivement. Celle-là est baissée, et sa chaîne, verrouillée d'un cadenas à un anneau en fer scellé au mur. Leurs lampes, à travers les barreaux, révèlent un coude. D'où ils se trouvent, rien de visible, hormis les ombres. Qu'y a-t-il ensuite ?

– Des oubliettes envahies de squelettes ? De crânes de flibustiers ? suggère Rose avec un rien de sadisme.

Clipper gronde tout bas, alarmé par le vrombissement des vagues à travers le plafond.

– Si c'est le cas, je suis content que cette herse nous en interdise l'accès, avoue Ambroise. La ferme, Clipper. Tu me flanques la chair de poule.

– On peut essayer de forcer le cadenas, dit Nadget sans conviction.

– À coups de barres de céréales choco ? Dis donc, lance malicieusement Rose à Milo. Vous autres, gens du voyage, vous êtes censés pouvoir ouvrir n'importe quelle serrure, non ?

– Seulement avec la bonne clef… comme tout le monde ! riposte Milo sur le même ton et en lui administrant une aimable bourrade dans les côtes.

Il n'a pas oublié que dans l'affaire de Jim Watson et Cléopâtre, alors que tout l'accusait, son amie Rose a été la première à plaider son innocence*.

– Retournons à l'embranchement, propose-t-il. Allons explorer la galerie 2.

On le suit d'un même pas. Ils sont sur le point de déboucher sur la plateforme quand, brutalement, Clipper marque l'arrêt. Son échine frémit sous le collier qu'Ambroise empoigne de toutes ses forces. Tous s'immobilisent, lampes éteintes.

Puis leurs cheveux se dressent sur la tête.

Des voix ! Des pas !

* Voir *Le Club de la Pluie brave les tempêtes.*

LE SOUTERRAIN DES FORBANS

Les pas approchent... Des rais de lumière rampent dans l'obscurité comme des chenilles luisantes. Le cœur battant, ratatinés dans un renfoncement à l'orée du tunnel, les quatre enfants retiennent leur respiration.

Deux hommes surgissent, chacun avec une torche de mineur fixée au front. Ils dépassent l'entrée du tunnel sans voir les enfants tapis dans l'ombre.

L'un pousse un wagonnet sur pneus où s'empilent des cartons. L'autre, qui dépasse son compagnon de trois têtes, porte deux énormes caisses en travers des épaules.

Au carrefour, les deux individus marquent une pause pour s'éponger le front à leur manche.

– Une minute, m'sieur Crucheret. Ce barda pèse un âne mort.

– Grouille. La marchandise nous attend, grommelle l'autre. La garde côtière vadrouille sévèrement ces temps-ci.

Ils sont happés par les ténèbres du tunnel n° 1. On entend des grincements, puis plus rien.

– On fait quoi ? chuchote Milo après une attente prudente.

– On file d'ici en vitesse ! Brrr... Vous avez vu cette armoire à glace à tête de Terminator ? Pas envie de tomber entre ses pattes !

La voix de Nadget chevrote un peu.

– Quant à l'autre, le chauve... J'ai déjà vu sa figure quelque part. Pas vous ?

Les autres secouent la tête. Non, ce chauve ne leur dit rien.

– Ça n'empêche, murmure Rose. J'aimerais drôlement savoir ce qu'ils trimballent dans ces caisses.

– Et moi, j'aimerais voir à quoi ça ressemble, dans l'autre galerie, dit Milo. Apparemment, c'est là leur repaire. On va y jeter un œil ?

Ses dents sourient avec convoitise dans le noir. Il pointe un bout de nez par l'ouverture. Clipper renifle, plein d'espoir.

– Ah non ! les calme Ambroise. Tu as entendu le dénommé Crucheret ? Ils vont revenir avec une autre cargaison. On décampe, et tissa

Il tourne déjà les talons en remorquant Clipper, qui préférerait rester à fureter lui aussi. Rose le retient.

– Reste ici avec Nadget, si tu veux. Milo et moi, on va glisser un coup d'œil là-bas. On sera vigilants, on n'ira pas plus loin que le seuil. S'ils réapparaissent, il sera toujours temps de courir se cacher ici.

– Pas question ! proteste Nadget. Tous ensemble ou personne.

Ambroise finit par imiter ses camarades, à contrecœur. Il a les muscles du bras douloureux à freiner Clipper qui tire comme un enragé.

Le tunnel où se sont volatilisés les inconnus se révèle fort différent de celui qu'ils viennent de quitter. Après une entrée tout juste assez large pour laisser le passage à deux humains, il s'arrondit en une vaste caverne. Contre une paroi s'amoncellent une trentaine de caisses plombées et de boîtes en carton couturées d'adhésif marron.

– On en ouvre une ? marmotte Milo.

– Certainement pas. Mais si l'une d'elles est déjà ouverte, on peut y jeter un œil.

Elles sont toutes closes. Dans un angle, le wagonnet sur pneus contient d'autres caisses.

– Hep ! Une porte.

Taillée dans le chêne, renforcée de barres et de clous en fer, c'est une porte de cachot massive qui évoque les films avec des oubliettes, des châteaux forts et des roi Arthur.

– Éteins ! souffle Nadget à Milo.

L'obscurité dévoile un trait de lumière parallèle au sol, au bas de la lourde porte. Au moins, ce ne sont pas des oubliettes.

– Les types sont de l'autre côté, frémit Ambroise. Vous voulez vous retrouver nez à nez avec eux ? Allez, on déguerpit.

En silence, ils rallument et font demi-tour. À peine cinq pas, et Rose, qui a repris la tête, stoppe brutalement. Ambroise, juste derrière, manque écrabouiller Clipper.

– Qu'est-ce qui… ? commence-t-il à grogner.

– Chut ! ordonne Rose, avec autorité.

Le son est lointain…

Mais il se rapproche.

Un son qui pétrifie, qui noue, qui glace.

Quelqu'un arrive en sens inverse. En face !

Ils éteignent et battent en retraite. Tendus, haletants, ils épient la progression de l'individu qui a jailli, à l'autre bout de la plateforme rocheuse, depuis le tunnel de la plage. Lui aussi porte une lampe au front. Sa silhouette pliée en deux tracte une grande caisse et progresse dans leur direction.

L'homme n'est qu'à quelques mètres, il est en train de dépasser le tunnel où ils se cachaient tout à l'heure. Son intention est manifestement de rejoindre la grande caverne où ils se trouvent à présent, afin d'ajouter son fardeau aux caisses et aux cartons déjà empilés.

Dans le halo diffus qui filtre sous la grosse porte en chêne, les quatre enfants et leur chien échangent un regard de consternation.

Coincés !

Entre lui et eux, aucun refuge, aucune issue… Dans un instant, ils se retrouveront nez à nez.

Se passe alors une chose stupéfiante, qui les cloue sur place, et les bouleverse : l'homme se met à siffloter, à siffloter très bas, très doucement, en berceuse. *Aux marches du palais…*

Alors qu'il est sur le point de déboucher dans la caverne, Ambroise, Milo, Nadget, Rose et Clipper se jettent d'un même bond derrière l'amoncellement de caisses. Sous l'œil en bille des crabes qui se demandent à quoi jouent ces drôles de touristes, ils se tiennent cois.

La berceuse cesse. Un poing frappe à la grosse

porte, une voix qu'ils connaissent bien lance un appel :

– Hé, là-dedans ! Ouvrez-moi !

Rose pince la main de Nadget. Ambroise enferme vivement la mâchoire de Clipper sous ses doigts, pile à temps, car le chien, tout joyeux, veut aller fêter son ami Roch qu'il a reconnu, lui aussi. Milo doit même venir à la rescousse du maître pour calmer l'animal.

– Ce chien est un étourneau ! glapit Ambroise, aussi désespéré qu'inaudible.

La porte pivote lourdement et propulse en grinçant un cône de lumière où se découpe, quelques secondes, une silhouette de femme. Milo, Rose et Ambroise étranglent une exclamation. Elle aussi, ils la connaissent ! Mais... mais que fait-elle ici ?

La femme disparaît, Roch à sa suite. Le battant reste ouvert, son phare de lumière fixé au sol.

– Nom d'un pétard ! suffoque Rose. Comment se fait-il qu'elle se trouve là, celle-là ?

– Vous connaissez cette femme ? s'étonne Nadget.

– La vendeuse rousse de Luxe Promo. Je ne comprends rien...

– Bon sang, bien sûr ! C'est là-bas que j'ai vu

cette tête ! (Nadget se retient de crier.) Luxe Promo ! Le chauve que Terminator appelle Crucheret... C'est lui qui tenait la boutique l'autre jour !

Dans la semi-pénombre, ses yeux brillent comme des pépites de mica.

– Ambroise ! trépigne-t-elle aussi bas qu'elle peut. Nos deux énigmes ne sont qu'une seule ! Vous avez compris où on est ? La grosse porte du roi Arthur, là... C'est l'arrière de leur boutique !

– Nom d'une patelle ! s'écrie Ambroise dans un hoquet de souriceau. Tu as raison. On est même dans leur cave.

– Leurs histoires de bateau et de gardes-côtes…

– Des trafiquants. Ces galeries secrètes leur servent d'entrepôts.

– À la guerre comme à la guerre, grommelle Rose en attaquant résolument l'angle d'un carton juché à proximité de son nez.

Ses doigts glissent, le carton rigide fait de la résistance, il faut pourtant œuvrer en silence… Bientôt, le coin se déchire. Rose le soulève, plonge la main, extirpe un objet de la brèche.

Un ourson en peluche, exact jumeau de celui qui avait amusé Rouletabille à la boutique.

Nadget et Milo en tirent chacun un autre, tous identiques.

– Et aussi lourds, constate Rose en soupesant le sien avec circonspection.

Une fine couture, enfouie dans la peluche, retient son attention. Sans hésiter, Rose la fait craquer avec le tissu et oriente le ventre ouvert de l'ourson vers la lumière qui filtre de la porte. De nombreux petits objets scintillent à l'intérieur, comme dans une poche. Des montres, des bagues, des colliers, et même un petit flacon de parfum dans son emballage de luxe.

– De la contrefaçon. Tu avais raison sur ça aussi, Nadget.

Milo les quitte subitement, un doigt sur les lèvres, et rampe le long des cartons jusqu'à être au plus près de la porte ouverte. Les autres lui emboîtent le pas en silence. Le doigt toujours sur ses lèvres, Milo leur fait signe d'écouter.

De là-haut parviennent des murmures. Après la porte du roi Arthur, un petit escalier taillé raide dans le roc monte à une seconde porte, plus étroite, plus légère, et entrebâillée. Mais ils ont beau se concentrer, la conversation murmurée reste brouillée, indistincte.

Rose n'y tient plus. Elle quitte l'abri des caisses et se faufile jusqu'à la porte en chêne en prenant soin de rester hors du cône lumineux.

– Reviens, espèce de folle ! chuchote Ambroise, qui a plus de peine que jamais à retenir Clipper, lequel veut absolument accompagner Rose.

Collée à la paroi, leur amie se tord le cou vers les murmures venus d'en haut. Sans réfléchir, Nadget se coule à son tour hors de la cachette et rejoint Rose en trois enjambées, sitôt imitée par Milo, puis finalement par Ambroise et Clipper.

À l'ombre de la paroi, presque au seuil de la porte du roi Arthur, dix oreilles tendent l'oreille. Cette fois, on entend clairement.

– Je ne vois pas ce que M. Dixon peut nous reprocher ! est en train de maugréer un homme, là-haut. S'il trouve qu'on n'est pas assez discrets, il n'a qu'à nous dénicher une autre planque ailleurs.

– Marc Dixon veut simplement dire que la police est sur le qui-vive. Après-demain soir, la dernière livraison faite, il faudra se faire oublier un moment, s'occuper uniquement de la boutique.

Nadget reconnaît la voix agacée du dénommé Crucheret.

– Dernière livraison après-demain soir, répète la femme. J'aime autant que ça se calme. On n'est jamais trop prudent.

– Avec les grandes marées qui approchent, fait

remarquer Roch, les youyous seront bientôt incapables d'accoster de toute façon. À quelle heure, la suite de l'arrivage, ce soir ?

– Avant minuit. La mer sera encore haute. Olrik, il reste une ou deux caisses à l'entrée du tunnel. Tu vas les chercher ? Roch et moi, on en montera quelques-unes d'en bas.

S'ensuit un remue-ménage dans les hauteurs... Le dénommé Olrik va descendre, tomber sur le Club de la Pluie... Panique ! Tout le monde devient vert (par bonheur, il fait trop sombre pour le voir) et amorce un impératif mouvement de repli... Mais Nadget s'arrête, écoute :

– Mais d'abord un petit café, hein, m'dame Crucheret ? Bien serré. Vous le faites mieux que personne.

– D'accord, Olrik, soupire la femme. Ensuite, je monterai me coucher.

– Merci, m'dame Crucheret. C'est gentil.

Milo pointe l'index vers la sortie et souffle :

– Le temps d'un expresso pour déguerpir... *expresso* !

On ne se le fait pas dire deux fois.

Prudence oblige, la première portion du chemin s'accomplit dans le noir. Ils n'osent rallumer qu'au virage, après le souterrain aux deux herses. Ils marchent alors vite, vite, très vite, l'un derrière l'autre, en se tenant la main. De temps à autre, ils font une pause, aux aguets. Personne.

Ils parviennent enfin au dernier boyau, celui tout étréci où il faut avancer à genoux. Rose s'y engage la première, flanquée de Clipper, puis Ambroise, Nadget, et enfin Milo.

Soudain, un cri étouffé.

– Qu'est-ce qui se passe ? sursaute Milo, le cœur en marmelade.

– Le mur m'a attaquée, gémit Nadget en se massant l'occiput. Il m'a prise pour une contrebandière.

Ils progressent à la queue leu leu, en évitant la bouillie verte. C'est plus laborieux qu'à l'aller car, à présent, la pente grimpe.

Ils se sentent comme des bouchées de pain qu'un tube digestif turbulent aurait du mal à avaler. Nadget peste en silence. Elle va s'offrir une bosse, c'est certain. Si seulement elle pouvait piocher la pommade à l'arnica dans son sac à dos... Mais pas le temps, pas le temps, pas le temps !

Quand ils débouchent à l'air libre, parmi les rochers, les grands bras de la brume blanche les enveloppent presque amicalement. Jamais brouillard n'a paru aussi accueillant. La guitare des campeurs à l'autre bout de la plage s'est tue. Leur feu de camp ne rougeoie même plus. Toute la ville dort, engoncée entre ses remparts gris.

La dernière ruelle, enfin. Ils pénètrent aux Pierres-Noires par la porte fournisseurs. Ambroise la referme à clef et file illico vers sa maison, Clipper aux semelles. Les autres glissent à travers le parc en direction de leurs bâtiments respectifs.

Le plus dur est de déjouer les couinements du parquet en passant devant la chambre de Mlle Mordent, laquelle veille sur le dortoir des filles avec le sommeil d'un chat.

Mais, ouf, tout se passe sans incident. Rose et Nadget se débarrassent de leurs tenues d'aventurières avant de sauter, vite fait, dans leurs pyjamas.

– Tu cherches quoi ? bâille Rose, déjà sous la couverture.

– Ma pommade à l'arnica. Sans quoi, demain matin, j'aurai le crâne de Humpty Dumpty.

Rose est épuisée par tous les émois de la soirée. Très vaguement, très lointaines, lui parviennent les farfouilles de son amie dans le noir.

– Tu... Touj... après... ton... arnic... ?

Le sommeil tombe sur elle avec la brutalité d'une

herse, sans qu'elle puisse finir sa phrase, ni entendre Nadget lui chuchoter :

– Cette saleté de mur m'a non seulement attaquée... mais il m'a aussi volé une barrette.

AU CŒUR DE LA NUIT
ROCH a menti. Quelle déception !
les grottes, les souterrains et les peluches livrent un peu de leurs secrets.
DES FORBANS... UN MYSTÉRIEUX TRAFIC...
le Club s'échappe de justesse...
Nadget en perd sa barrette !

LA TOUR À VOL DE CHEVEUX

Chaque matin, Rose Dupin saute du lit la première, se douche en trois minutes et demie, s'habille en un tour de main, et s'en retourne au dortoir. Elle y trouve Nadget invariablement assoupie. Ses cheveux en vrille dépassent et tournicotent avec ardeur au bord de l'édredon, l'air de s'être réveillés avant leur propriétaire et d'attendre, énervés, qu'elle veuille bien ouvrir l'œil.

Ce matin-là ne fait pas exception et, après avoir secoué son amie, Rose attend qu'elle se prépare. Ce qui lui laisse habituellement le temps de réviser ou de lire au moins vingt pages de roman avant qu'elles descendent ensemble prendre le petit déjeuner.

– J'ai enfilé mon nouveau maillot de bain à marguerites ! annonce Nadget. Pour notre dernière séance de voile.

– Bravo. On verra ainsi à quoi ressemble un maillot qui bâille d'ennui.

– Et admire mon nouveau bonnet étanche ! Il époustoufle, non ?

Rose toise longuement l'objet qui a la rondeur de la citrouille et le vermillon de la tomate. Avec un peu de sel, ça ferait un parfait potage.

– L'Histoire jugera ! laisse-t-elle tomber.

Nadget lui jette à la tête le numéro d'avril du magazine *Futile*. Comme Angèle et Eudoxie, leurs camarades de chambre, ne seront de retour qu'à midi, elles peuvent ressasser en toute liberté leurs extraordinaires aventures de la nuit.

– Le Club doit absolument se réunir, conclut Rose. Il a du pain sur la planche.

– Je meurs de faim, à propos. On descend petit-déjeuner ?

Il fait si beau qu'elles décident de gagner le réfectoire par les pelouses au lieu de passer par les corridors qui relient les bâtiments. Elles s'immobilisent soudain, avec des coups de coude.

Devant le portail principal, la directrice et le gardien sont en pleine discussion avec Roch, qui s'active en salopette blanche de peintre. À leurs côtés, Ambroise et Clipper.

– Que fait-on ? grommelle Nadget. On dit à Long John Silver de Saint-Malo qu'on l'a vu cette nuit et découvert qu'il traficote avec une bande de faussaires ?

– Certainement pas. On peut juste lui poser habilement une ou deux questions.

– En vitesse alors. Je ne veux pas rater le départ pour l'école de voile. Les marguerites trépignent de voir le soleil.

– Les marguerites ?

– Celles de mon nouveau maillot !

À leur arrivée, Ambroise les avertit d'un clin d'œil entendu. Roch est en train de poncer des traces de rouille sur la grille. Un rire danse au coin de son œil tout seul lorsqu'il les aperçoit.

– Hello, les filles ! dit-il. Bien dormi ? Pas de tempête, cette fois.

– Non, dit Rose, circonspecte. Pas de tempête.

– Mlle Renard a embauché Roch pour quelques réparations, explique Ambroise d'un ton neutre qui en dit long. Soazig a parlé de lui.

– Elle a eu raison, reprend Mlle Renard avec un bon sourire. Ce ne sont pas les travaux qui manquent aux Pierres-Noires, surtout après cet ouragan. Vous avez tous déjeuné ?

– On y va, mademoiselle.

– Ne vous mettez pas en retard, dit le papa d'Ambroise. Le moniteur de voile est déjà en route.

Les deux adultes prennent congé, les trois enfants et Clipper restent près du portail où s'affaire Roch. Ils ont mille questions, aucune ne franchit leurs lèvres.

– Regardez ce que j'ai trouvé, dit le jeune homme en plongeant la main dans sa poche de salopette.

Au creux d'une feuille d'essuie-tout se love un œuf, petit, beige, moucheté.

– Un œuf de cormoran. Il est tombé sur des fougères, alors il ne s'est pas brisé. Je vais le replacer dans son nid.

– On dirait un abricot mûr, dit Rose.

– Celui-là, on ne le mange pas. Et on ne le touche surtout pas. La maman cormoran pourrait le renier.

– Le renier ? s'étonne Nadget.

– Si elle flaire une odeur étrangère, notre odeur d'humains. Ambroise, veux-tu aller chercher l'échelle tout là-bas ?

Sur le trajet, Ambroise rencontre Milo, qui est sorti dès qu'il a vu, par la fenêtre du réfectoire, le petit groupe ; il empoigne l'autre extrémité de l'échelle.

– Merci, leur dit Roch. Vous ne serez pas en retard, au moins ?

Probablement que si. Et Soazig va râler s'ils se pointent en fin de petit déjeuner… mais ils ont trop envie d'assister au sauvetage de l'œuf.

Le nid est perché au bord d'une meurtrière sur le mur d'enceinte. Ils écartent herbes et fougères ventripotentes, accotent l'échelle. L'œil tout seul de Roch cligne malicieusement, inspecte le ciel.

– Pas pu le remettre avant, explique-t-il en grimpant. Y avait mon pote le goéland avec moi. Et les goélands adorent gober les petits œufs frais… comme tout le monde.

Un point noir tournoie soudain dans le soleil avec des clameurs stridentes.

– Un oiseau ! avertit Rose.

– Pourvu que ce ne soit pas le goéland, implore Nadget.

– C'est la maman cormoran ! crie Milo. Dépêche-toi, Roch.

Au-dessus de leurs têtes levées, Roch se hâte lentement, l'œuf en équilibre dans la feuille d'essuie-tout.

– J'en vois un second ! crie-t-il de son perchoir. Vous imaginez ? Le pauvre poussin aurait été orphelin d'un frère ou d'une sœur…

L'œuf bascule en douceur du papier au nid. Roch redescend quelques barreaux et termine par un saut au milieu des fougères. Il était temps. Un cormoran, puis un second se posent sur la crête du mur pour les abreuver de cris réprobateurs.

– Ingrats ! les apostrophe Ambroise en riant.

Roch les raccompagne un bout, l'échelle calée sur une épaule. Sa boiterie imprime une légère saccade à chaque pas, comme s'il essayait de se débarrasser d'un caramel à sa semelle, ou traînait une chaîne invisible.

– Comment s'appelle le bébé du cormoran ? lui demande Milo.

– Aucune idée. C'est vous, les bons élèves. Si vous alliez l'avaler, ce petit déj' ?

– Une chose est sûre, soupire Nadget. Je ne toucherai pas à une omelette avant longtemps.

À la cantine, ils découvrent que la plupart de leurs camarades sont déjà montés se préparer pour la voile, les autres en train de replier leurs serviettes.

– Vous vous croyez en hôtel-club ? les accueille fraîchement Soazig. Je vous donne quatre minutes pour avaler bol et tartines et, hop, débarrasser le plancher !

Sans un mot, ils s'installent à leurs places habituelles où les attendent des plateaux prêts, entre fenêtre et cheminée de pierre.

– Avec cette histoire d'œuf de cormoran, on n'a pu poser aucune question, regrette Ambroise en s'asseyant. Il ne nous a pas laissé le temps.

– Il l'a certainement fait exprès, marmonne Nadget en empoignant un broc de liquide. Pouah, ce chocolat est froid, il y a de la peau dessus.

Elle retourne son bol propre. Le fixe, médusée.

– Qu'est-ce qui se passe ? demandent les autres, la bouche pleine.

Nadget les dévisage tour à tour, muette.

– Ma… barrette, articule-t-elle enfin, d'une petite voix. La barrette que j'ai perdue cette nuit dans le passage secret. Elle est là. Sous mon bol. Est-ce que l'un de vous aurait… ?

Rose, Ambroise, Milo secouent la tête. Non, personne n'a trouvé de barrette. D'ailleurs, comment auraient-ils pu la déposer ici puisque aucun d'eux n'est revenu au réfectoire depuis ?

– Comment est-elle arrivée là… ?

– Et pourquoi sous mon bol retourné, comme si…

– Comme si on avait voulu la cacher ? achève Milo tout bas.

– Pourquoi ne te l'a-t-on pas rendue directement ?

La figure de Rose se contracte.

– À part nous, dit-elle à mi-voix, il n'y a qu'une seule personne qui était présente à la fois dans le souterrain cette nuit et aux Pierres-Noires ce matin.

Ils baissent le nez sur le chocolat froid comme sous le poids du nom qui occupe et alourdit leur esprit.

– Pourquoi ? murmure Ambroise.

– Pourquoi ? murmure Nadget.

Rose éloigne son bol. Ses doigts émiettent inconsciemment sa tartine. Elle fixe la fenêtre où le soleil hilare toque aux vitres en losange comme un éclaireur de retour d'excursion.

– C'est un avertissement, souffle-t-elle durement. Une manière de dire : « Je sais que vous étiez à l'endroit où j'ai trouvé cette barrette... Gare à vous si vous y retournez ! »

– Eh bien ? les interpelle Soazig du fond de la salle. Fini, j'espère ? Vous remarquerez que je vous ai octroyé six minutes au lieu des quatre convenues.

Les bols sont pleins, les tartines intactes. Ils quittent la table et la salle en silence. Avec la barrette, Nadget ligote machinalement une de ses boucles qui se ratatine de dépit.

– Quel drôle de type, ce Roch ! dit-elle, en arrêt sur le seuil. Capable d'être si gentil… et menaçant en même temps.

*
* *

À la descente du car, les élèves qui sont restés aux Pierres-Noires accueillent ceux qui étaient partis.

Avant les cours de l'après-midi, Rose et Nadget font irruption dans le dortoir. Angèle et Eudoxie y sont en train de déballer leurs affaires et les détails de leur séjour à la maison.

– Et c'est là que nous entrons en scène ! les interrompt Nadget d'une voix claironnante.

– Je ne t'ai raconté que la moitié, glisse Angèle à Eudoxie en levant une narine excédée.

– Garde-lui l'autre moitié pour les soirées d'hiver, conseille Rose avec malice.

– Il paraît que vous avez eu une grosse tempête ? s'enquiert Angèle.

– Une tempête, une barrette qui se promène toute seule, une gazelle qui galope à droite, un œuf de cormoran… Ici aussi, la vie est passionnante ! susurre Nadget.

Ses deux compagnes haussent un sourcil perplexe.

– Tu étais ici ? Je te croyais partie chez toi, s'étonne Eudoxie.

– Oh, fait Nadget, désinvolte. Mes parents ont hérité de leur grand-oncle Pedro Almendras del Corazõn y Leon sa plantation de thé au Costa Rica, ils ont dû s'envoler brusquement pour Oulan-Bator. Cela ne me disait rien de les suivre.

– Oulan-Bator est en Mongolie, objecte Angèle, soupçonneuse. Pas au Costa Rica.

– Qui a dit ça ? la défie Rose, sourire en coin.

– Victor Hugo, sûrement, il a tout dit ! rétorque Nadget. Mon autre grand-oncle, Sun Yan Tsen, a invité mes parents dans sa yourte. Cela ne me disait rien non plus car il n'a pas de jacuzzi.

– Elle raconte des bobards, lâche Eudoxie avec dédain.

– Pourquoi ne me croit-on jamais ? gémit Nadget en gonflant les joues.

– UN : tu donnes trop de détails. DEUX : tu ne donnes pas assez de détails. TROIS…

– Je sais compter ! coupe Nadget en entraînant Rose hors de la chambre.

Dans le couloir, elles hurlent, hoquettent, trépignent de joie. Une fois qu'elles se sont calmées, Nadget tapote affectueusement l'épaule de son amie.

– Enfin, on te voit rire.

*
* *

Ce soir-là, la bougie éclaire quatre visages en cercle par-dessus la caisse en bois, et projette leurs doubles obscurs sur les murs de la vieille tour.

Tout en discutant, le club suçote les rubans de guimauve multicolores que Rose a reçus ce matin de ses parents. Ambroise et Milo s'amusent à les étirer comme de la corde à linge entre leurs poings écartés avant d'en enfourner une extrémité. On a l'impression d'en manger plus.

Clipper tente d'en happer un bout par-ci, par-là, y réussit parfois.

– On doit alerter la police, déclare Ambroise. Ce diabolique Olrik, ce couple Crucheret infernal… Ce sont de vrais malfaiteurs. Et on peut en dire autant de Roch, ajoute-t-il après une hésitation pleine de rancune.

– Vous vous rappelez l'autre nom qu'ils ont prononcé ? Marc Pixel ou quelque chose…

– Marc Dixon, rectifie Milo. Ils en parlaient comme d'un chef.

– J'ai vérifié sur Internet, dit Rose. Marc Dixon est un armateur réputé du port. Il a déjà eu des démêlés avec la justice. Ses bateaux servent probablement à transborder les marchandises.

– Moi, déclare Milo avec calme, je ne suis pas du tout pour aller trouver la police.

– Tu veux les arrêter toi-même ? proteste Ambroise, la bouche verte de guimauve verte.

– Évidemment non. Mais qui prendra au sérieux une bande d'enfants ? Et quelles preuves peux-tu donner ?

– Prévenons la directrice. Elle fera ce qu'il faut.

– Oh, non ! implore Nadget. Il faudra avouer qu'on est sortis la nuit du pensionnat !

Touché.

Ils se taisent et, un bon moment durant, ruminent ensemble fil de pensées et rubans de guimauve.

– Il n'empêche, reprend Rose après avoir dégluti gravement. La contrefaçon, ça veut dire des milliers de pauvres gens qui bossent et se font exploiter à bas prix par des faussaires qui s'en mettent plein les poches. On ne peut pas être d'accord avec ça, Milo.

– Je ne le suis pas ! se défend-il. Mais je ne veux pas non plus protéger les marques célèbres qui exploitent tout autant les pauvres gens ! Elles aussi font travailler à bas prix des esclaves qui n'ont pas le choix. Elles aussi s'en mettent plein les poches. Tu te rappelles cette usine au Bangladesh… ?

Nadget cesse de faire un nœud à sa lanière de guimauve rose.

– Celle qui s'est effondrée sur les ouvriers ? Tout le monde s'en souvient. Le bâtiment était vétuste, cela a causé des centaines de morts. Des marques connues y faisaient travailler un tas de gens en se fichant bien de toutes les règles de sécurité.

Rose accuse le coup. Ses amis ont raison. Mais elle estime qu'elle a raison aussi. Elle mordille une nouvelle guimauve, l'étire, l'étire, à la mesure de ses réflexions. Clipper la supplie des yeux. Elle lui en abandonne un carré et hoche la tête.

– La contrefaçon est perfide ! Et illégale ! insiste-t-elle. Les gens exploités par les faussaires sont encore moins protégés ! Au moins, avec les grandes marques, on peut agir juridiquement, faire des procès, les punir. Les faussaires, eux, ils encaissent l'argent et on ne les revoit jamais.

Milo hausse les épaules.

– Les marques sont riches à milliards, dit-il. Quand on ose leur faire un procès, elles s'en tirent généralement avec une condamnation d'un million. C'est une goutte d'eau pour elles. Elles installent une nouvelle usine ailleurs, et recommencent.

– La paire de collants qui me coûte deux mois et demi d'argent de poche coûte à N & H l'équivalent d'un yaourt, soupire Nadget. Mais qu'y faire, Milo ?

– Cesse d'acheter des chaussettes Machin ou des chaussures Bidule ! s'agace-t-il.

Elle enfourne une guimauve, la mâchouille longuement. Puis elle se lève d'un bond, ouvre la fenêtre de la tour et, dans un geste de théâtre digne de Sarah Bernhardt, expédie ses barrettes et ses chaussons par-dessus la rambarde.

– Voilà, dit-elle. Adieu, les marques.

Elle va se rasseoir et observe ses orteils nus. Ses cheveux sans barrettes retombent sur ses cils.

– Seulement, murmure-t-elle, comment savoir si je n'achète pas de la contrefaçon à la place ? C'est insoluble. Ce n'est pas aussi facile que dans les romans. Là, les bons ne sont pas vraiment bons et les méchants sont vraiment méchants…

Ses boucles tressautent, pirouettent soudain comme de petites hélices.

– … À moins d'apprendre à coudre ! conclut-elle, soudainement éblouie par cette admirable perspective.

– À coudre, grommelle Rose, et à fabriquer des sacs. À créer des montres, des caméras. À produire des CD, des ordinateurs, des chapeaux, des bijoux… Pfff !

Milo croise les bras.

– Je veux bien tricoter des chaussettes, dit-il, mais sans l'aide de la police ! La police et les gens du voyage, on n'est guère amis. Ne comptez pas sur moi.

– Si on ne fait rien, borborygme Ambroise au milieu de sa énième guimauve, rien ne bougera.

– Tu as englouti la dernière verte, note sévèrement Rose. Merci, Ambroise.

– Mais, s'impatiente Nadget, va-t-on rester bras ballants à regarder le monde pourrir le monde ?

Nouveau silence. Nouveaux clapotis de mastication guimauvesque. La cire de la bougie émet un petit chuintement accablé.

– Bon, dit Milo en se mettant debout. Impossible de résoudre ça seuls dans notre coin… Il nous faut l'avis de quelqu'un qui n'est pas du Club.

ABRACADABRA ET BOULE DE CRISTAL

– Oh, Rouletabille ! s'exclame Nadget en ouvrant, le lendemain, la porte de la caravane. Que tu es mignon !

Tante Astarté arbore châles et foulards chamarrés, long jupon en taffetas émeraude, pantoufles à pompons d'hermine, mitaines argentées, turban piqué d'une impériale plume d'autruche.

– Il n'y a pas de raison que je sois ici la seule à être une reine d'élégance ! clame-t-elle. Alors, je lui ai crocheté ce délicieux polo. Superbe, n'est-ce pas ? Admirez mes petits points d'Alençon et ces ravissants brandebourgs !

Le ouistiti parade dans son habit neuf en laine écarlate, tel un fantassin miniature de l'Empire austro-hongrois. Il tend à chacun ses doigts menus gantés de blanc. Sauf à Milo qu'il étreint par le cou et les oreilles.

– Vous tombez à pic, *bambini* ! glousse tante Astarté. J'ai cuit à l'instant ce gâteau. À croire que vous l'avez reniflé. Mais, ajoute-t-elle après un coup d'œil au coucou, je n'ai qu'une heure à vous accorder. Je dois me rendre au débat mensuel du Symposium des Arcanes Labyrinthiques de Minos et de Pasiphaé.

Ils ne comprennnent pas tous les mots, mais rien ne peut étonner un Club de la Pluie qui tient des réunions clandestines, et perchées, dans une vieille tour. En outre, elle sent joliment bon la cannelle et le caramel, la génoise que la tante sort du four !

La roulotte est petite, mais chaque objet y a sa place. Ce qui ravit les filles, c'est le plafond bleu où scintillent des étoiles. Il y a même un fauteuil en velours cramoisi, des lampes marocaines et, aux murs, des cadres acajou où de vieux Gitans et de belles Gitanes en noir et blanc vous fixent de leurs yeux ardents.

– Qui est-ce ? demande Nadget en désignant la photo d'un jeune homme splendide aux prunelles plus claires que ses boucles.

La grimace de Milo l'alerte trop tard, la question est posée.

– Qui donc ? murmure tante Astarté. Ah, lui…

Jaime Exposito. *Pobrecito querido*. Il était toréador à Salamanque. Un jour au soleil de feu, le taureau a été plus fort que lui… Ce sont des choses qui arrivent. Il faut bien que ces pauvres bêtes prennent une revanche quelquefois.

Tante Astarté a répondu d'un ton uni, presque désinvolte, tout en disposant la génoise sur un long plat turquoise. Pourtant une note a trembloté dans sa gorge, comme une goutte suspendue.

– Ce gâteau est une merveille, dit Rose pour changer de sujet. On ose à peine le couper.

– Peut-être que tu ne pourras pas, murmure Milo, ironique.

Car, ici, on est habitué aux gâteaux de tante Astarté. Toujours éblouissants à voir, ils sont souvent trop cuits, ou bien le glaçage est plus dur qu'une vitre, ou bien… Oui, on a l'habitude. Tante Astarté, vagabonde infatigable des astres et des tarots, oublie régulièrement ses temps de cuisson.

Mais, ô miracle des étoiles et des planètes… Ce gâteau-là est à point, parfumé, parfait ! Clipper et Rouletabille réclament leur part.

– Eh bien, marmousets, soupire la tante en leur servant un thé aux effluves de coquelicot, que me vaut cette visite ?

Ils ne savent par où commencer. Milo est cependant convaincu que sa tante saura répondre à leurs questions et quoi faire. C'est la seule adulte de sa connaissance qui sait entendre la parole des enfants.

– Tu te rappelles, ma tante, la boutique où on était ? Celle où tu as acheté ta bague, où il y avait les ours en peluche… ?

Ils lui racontent tout, en s'interrompant les uns les autres.

– *Mio Dio*, les minots ! s'exclame à la fin la tante, tout ébahie et pensive. En voilà des péripéties…

Elle attrape, dans une sorte de plumier d'ébène, un long fume-cigarette vide, en nacre, qu'elle entreprend de suçoter afin de mieux réfléchir.

– D'abord, observe-t-elle, rien ne démontre dans cette histoire qu'il s'agisse bien de contrebande et de contrebandiers. Après tout, un boutiquier qui transporte des caisses de marchandises, c'est normal, non ?

– À minuit ?

– On a encore le droit dans ce pays de faire ce qu'on veut à l'heure qu'on veut. Oui, à minuit même.

– Et de stocker ces caisses dans une grotte cachée ?

– Mon guide de Saint-Malo affirme que les galeries dérobées, portes escamotables et caches secrètes sont innombrables. Aux siècles passés, corsaires et écumeurs des mers y camouflaient une partie de leur butin pour payer moins d'impôts au roi. Certaines possédaient un accès direct à la mer. Très pratique. Hop ! de la cale aux caves. C'est l'une d'elles que vous avez découverte.

– Ces gens ont l'air de craindre la police de la côte.

- On craint tous la maréchaussée. Même quand on n'a rien à se reprocher.

Ils poussent un soupir. Le refus des apparences de tante Astarté lui donne réponse à tout.

– Ces individus veulent se cacher ! s'entête Nadget.

– Rappelez-vous, reprend gentiment la tante. Je me glisse certains soirs avec Rouletabille jusqu'aux grilles de votre pensionnat... Cela paraîtrait étrange à n'importe quelle personne qui ignore que c'est simplement afin que Milo ait le plaisir de voir et de caresser son ouistiti adoré, n'est-ce pas* ?

Rouletabille lui tend aimablement une cuillerée

* Voir *Le Club de la Pluie au pensionnat des mystères.*

de confiture à l'orange. Comme elle décline en le remerciant, il en avale la moitié.

– Je comprends votre point de vue, tante Astarté, dit Rose. Mais ces ours qui recèlent des objets ?

Tante Astarté chiquenaude la plume d'autruche qui lui chatouille le front.

– Peut-être oui. Peut-être non. Il faut des preuves, vous comprenez ? Des preuves irréfutables.

Milo se penche soudain vers elle, les yeux étincelants.

– Peux-tu… Pourrais-tu voir… regarder dans les cartes si… ?

Tante Astarté jette un autre regard au coucou. La plume sur son turban de soie fait la moue.

– Pas les cartes. Trop long. J'ai mon Symposium, *lieben*.

Il a l'air déçu. Elle sourit.

– Mais avec Candelaria, cela ne prendra que dix minutes. Allez, vite, installez-vous en cercle.

Elle baisse la lumière. Les étoiles du plafond se mettent à briller plus fort. Elle extirpe d'un tiroir un coffret laqué d'argent, en soulève le couvercle. Rose, Ambroise et Nadget n'ont jamais vu pareil objet… Une boule de cristal !

Il fait sombre, la boule scintille cependant, comme

une bulle de savon sous la lune. Là-haut, les étoiles redoublent de miroitements. Les enfants sont muets, même Milo. Candelaria s'envole alors du coffret, l'air de flotter au bout des doigts de tante Astarté.

– Elle m'a été confiée par l'Illustrissime Trismegisto, Grand Devin et Songe-creux de Lublin, lui-même fils, petit-fils et arrière-petit-fils d'Illustrissimes ! chuchote-t-elle. Tenez-vous par la main et fixez fort le gobelin danseur à l'intérieur.

Rose obéit, cherche des yeux le gobelin danseur. Elle n'est pas sûre de savoir exactement ce qu'est un gobelin, et doit rassembler ses souvenirs de *Harry Potter*. Soudain, la paume de Nadget tressaille dans la sienne. Celle de Milo, dans son autre main, reste impassible. Lui, il connaît déjà. Les filles et Ambroise échangent un regard interdit, et replongent dans la boule rayonnante.

Il y a bien quelqu'un à l'intérieur ! Un minuscule personnage, vivant, scintillant, qui… danse, oui ! Il cabriole dans un costume de clown blanc à losanges de toutes les couleurs, sous un bonnet de rubis.

Les pupilles de tante Astarté deviennent deux petits puits sans fond au milieu de leurs iris mauves. On y voit des lueurs, et s'y refléter les entrechats de la créature miniature.

– Parle, Balmoloch… Dis-moi ! psalmodie-t-elle. Les innocents enfants, ici présents, et qui admirent tes formidables cabrioles à la lumière que ma fidèle Candelaria a la bonté de te prêter, ces angelots candides verraient-ils une vérité que je ne vois pas ?

Une fumée irisée, tout à coup, enténèbre le cristal… On ne voit plus rien, la petite silhouette se tamise, s'estompe. Seule tante Astarté semble distinguer quelque chose.

La fumée prend une teinte de nuit, pailletée comme la suie.

Tante Astarté étouffe un léger cri. La plume d'autruche palpite. Elle couvre brusquement Candelaria avec un de ses foulards. Tout s'éteint. Les enfants lèvent la tête.

– Que se passe-t-il ? interroge la voix inquiète de Milo. Qu'est-ce que tu as vu ?

Sa tante, une main sur le cœur, a le souffle court. Elle range Candelaria dans sa boîte, puis la boîte dans son tiroir.

– Terminé, mes chérubins ! dit-elle d'un ton sec. Plus rien à regarder ni à discuter. Et vous allez me promettre une chose.

– Quoi donc ? demande Nadget, un peu chevrotante.

– Jurez que vous n'irez plus sur la plage pour pénétrer dans cette maudite grotte.

Ils s'observent du coin de l'œil, interloqués.

– Dis-nous d'abord ce que t'a montré Balmoloch, supplie Milo. Que t'a révélé le gobelin danseur ?

– Un drame... Un drame qui surviendra si vous entrez là-bas une seconde fois. Ce ne sont pas des affaires pour les enfants. Jurez.

Long, long silence. Long, long soupir.

– Allons ! Jurez.

Ils s'exécutent à contrecœur. Le sourire de tante Astarté refait son apparition.

– Parfait. Tout ira bien dans ce cas. Si vous tenez votre promesse, il n'arrivera rien.

Elle s'aperçoit dans le miroir en luth suspendu sous un bouquet d'immortelles sèches.

– Mon Dieu, à peine dix minutes pour me préparer avant le Symposium ! Filez vite. Oh, j'oubliais... Je rentrerai tard, peux-tu garder Rouletabille avec toi, s'il te plaît, Milo ? Il déteste être seul ici. Je viendrai le récupérer ce soir à la grille des Pierres-Noires.

– Il faudra que je le cache jusque-là ! objecte son neveu.

– Pour quelques heures seulement. Au dernier Symposium, il a mis ma caravane sens dessus dessous, il m'a fallu trois jours pour tout remettre en ordre. S'il te plaît, Milo… Dans ton pensionnat plein de recoins, il existe bien une cachette pour un visiteur aussi menu ?

Au fond, cela leur plaît bien d'emmener Rouletabille. Le Club de la Pluie sera ainsi au complet pour le reste de la journée. En outre, héberger un locataire clandestin est une perspective terriblement amusante !

– Dommage qu'Angèle et Eudoxie soient de retour, soupire Nadget. On aurait pu le loger avec nous.

– On peut le cacher chez moi, propose Ambroise. Après tout, si le pensionnat lui est interdit, la maison des gardiens ne l'est pas !

– Ttt, ttt ! fait Milo. S'il s'amuse à la cavalcade avec Clipper, tes parents ne reconnaîtront jamais leur maison.

Il a envie de régler l'affaire seul C'est son singe, non ?

Ils attrapent de justesse l'autobus qui les ramène au pensionnat. M. Lenvers, le documentaliste, étant absent pour la journée, ils ont obtenu une autorisation de sortie pour aller à la bibliothèque municipale. Avant leur escapade chez tante Astarté, ils y ont fait un détour de cinq minutes, le temps d'emprunter quelques livres qui serviront d'alibis.

Ils atteignent les Pierres-Noires pile pour déjeuner. Mais auparavant, Milo file en vitesse à la mansarde de la tour pour y abriter le petit locataire clandestin.

– Sois sage, Rouletabille. Je reviens tout à l'heure.

Il lui laisse une poire épluchée, des biscuits aux fruits, des amandes et une gourde d'eau parfumée à ce sirop de mangue dont le petit singe raffole. Il lui aménage un nid douillet dans la vieille caisse en chêne qu'il garnit d'un pull-over.

– Promis, hein ? Bien sage ! répète-t-il avant de sortir.

Rouletabille, maussade et digne dans son habit de laine rouge, lui adresse une magnifique grimace. Puis il croque la poire. Milo referme la porte en se promettant, le cœur un peu serré, de revenir dès qu'il pourra se libérer.

HARDI PETIT!
les cours ont repris aux Roches-Noires
la boule de cristal de tante Astarté
?
a des inquiétudes
et Rouletabille joue les clandestins !
MAIS LE CLUB NE RENONCE Pas!

ROSE MIJOTE...

Depuis la visite à tante Astarté, Nadget trouve que Rose fait une drôle de mine. Elle griffonne des tasses à deux anses dans un coin de cahier durant tout le cours d'anglais, et, pendant la leçon de maths, ce sont des soucoupes tachetées de varicelle. Des dizaines de tasses, des dizaines de soucoupes qu'elle aligne sans savoir ce qu'elle dessine.

– Si on filait à la tour avec Milo voir Rouletabille ? suggère Nadget à la récré.

Rose hoche la tête. Impossible de savoir si c'est pour dire oui ou pour dire non.

– Si on allait boire un jus de fruits au distributeur ?

Nouvelle secousse indéfinie.

– Si on prenait l'avion de 16 h 10 pour Acapulco ? Je viens de gagner deux billets.

Même agitation de crâne. Aucun doute, son amie

n'est pas dans ses bonnes baskets. Nadget se plante devant elle pour exécuter sa fameuse imitation d'Eudoxie qui, d'habitude, la fait éclater de rire.

– *Tu étais ici ? Je te croyais partie chez toi ?* fait-elle, singeant les grands yeux lourds d'Eudoxie et sa voix perchée.

Rose bat des paupières, fronce les sourcils.

– Ce n'est pas très gentil de te moquer d'une fille charmante.

Nadget s'étrangle.

– Charm… ! Eudoxie ?!

Elle la secoue par la manche.

– Hep ! Réveille-toi. Moi aussi, je peux être une fille charmante !

– Prouve-le, réplique Rose en dégageant son bras.

Nadget, éberluée, est sur le point de lui demander si tout va bien côté cerveau, mais la cloche retentit et elles doivent se mettre en rang. La classe monte en salle de musique pour le dernier cours de la journée.

Plus tard, au milieu d'une portée de notes à déchiffrer, Rose lève le doigt.

– Je… J'ai mal à la tête, dit-elle à M. Truche. Je peux aller à l'infirmerie ?

Elle quitte la salle sous l'œil compatissant du prof

de solfège mais celui, résolument soupçonneux, de Nadget.

Sitôt le cours fini, Nadget enfile sa parka bleu azur, se rue à l'infirmerie… et trouve porte close. Elle croise Mlle Mordent.

– L'infirmerie est fermée ?

– Exceptionnellement. Tu es souffrante ? s'inquiète le professeur.

– Non, non, bredouille Nadget. Je veux juste… un pansement pour… euh… une ampoule à mon talon.

– Mlle Renard est dans son bureau. Elle aura sûrement ça.

Nadget remercie, fait demi-tour, prend la direction du bureau de Mlle Renard, mais bifurque dès qu'elle est certaine d'être seule. Elle se sent désemparée. Et dépitée. Où est Rose ? Pourquoi a-t-elle menti ? Pourquoi ne l'a-t-elle pas mise dans la confidence ?

Elle monte les étages, suit les couloirs qui mènent à la mansarde de la vieille tour. Milo y a déjà rejoint son cher Rouletabille.

– Ce singe me fait tourner en bourrique, dit-il sitôt qu'elle ouvre la porte. Il déteste être enfermé tout seul ici, du coup, il me fait la tête.

Rouletabille, perché sur une poutre, lance en effet des petits cris frondeurs.

– Dans mes bras, Rouletabille ! ordonne doucement Nadget. Tu sais, toi, que je suis une fille charmante.

Elle sent le regard perplexe de Milo, mais ce serait trop long à lui expliquer… Elle essaie alternativement de convaincre le petit singe de redescendre et de raconter à Milo l'attitude suspecte de Rose, ses airs de diva évaporée, les tasses à deux anses, les soucoupes à varicelle, l'infirmerie.

– Peut-être une envie subite de prendre le large, suppose Milo, qui connaît bien ce genre d'envie. Laisse-la, va. Elle te racontera quand ce sera fini. Rouletabille, oh, bon sang.. Arrive !

– Lui aussi a envie de large !

Le malicieux animal saute soudain entre les bras de Nadget, snobant ostensiblement son maître. Quand celui-ci veut le reprendre avec lui, il fait de la résistance. Milo éclate de rire.

– Cabotin ! Tu as gagné, je vais t'emmener au dortoir. J'espère que mes colocs sauront se taire.

Nadget fourre Rouletabille sous sa parka azur et tout le monde quitte la mansarde. À l'étage au-dessous, ils rencontrent des groupes d'élèves et un surveillant, mais Rouletabille ne bronche pas. Il faut se faire discret, ça il l'a bien compris.

– Le dortoir des garçons est interdit aux filles, note Nadget à l'entrée du bâtiment.

Elle extirpe Rouletabille pour le confier à Milo avant de faire demi-tour, mais le ouistiti pousse des cris de duègne offensée. La parka le ravale aussitôt.

– Il te fait sacrément la tronche, dis donc ! remarque Nadget. Comment on va faire ?

– Une seule solution. Monte avec moi. On passera par l'escalier de secours, ce sera plus discret.

Nadget n'a jamais mis les pieds dans le bâtiment des garçons. C'est à la fois intimidant et effroyablement palpitant.

– Et si on se fait harponner par un surveillant ?

– On sera très mal ! rétorque Milo, fataliste. Moi plus que toi, à cause de cette tête de pioche. Mais, ajoute-t-il pour la rassurer, c'est le bon moment pour monter : toute l'école assiste au match de handball sur la pelouse, et notre surveillant est l'arbitre.

L'escalier de secours est effectivement désert. À l'étage, Milo entrebâille la porte… Couloir tout aussi désert. Ils filent comme des ombres entre les piliers de la vieille bâtisse, rasent les murs. Ouf ! On pousse une porte.

– Pffiou… Ce bazar ! souffle Nadget en découvrant cette pièce habitée par quatre garçons. Jamais vous ne rangez ? Tu sais, il existe un truc, c'est tout nouveau et super pratique... C'est en fil de fer ou en bois, on y suspend les vêtements, ça s'appelle un cintre.

– Donne-moi Rouletabille, élude Milo en ouvrant les mains.

Nadget, prête à user de diplomatie pour persuader le petit singe de changer de crémerie, entrouvre avec précaution le pan de sa parka...

Rouletabille est endormi. Au fond de ses petits gants blancs, ses poings sont fermés ; il ronfle même un peu. Milo le dépose délicatement sur son oreiller, sans le réveiller, et tire la porte coulissante qui sépare son box du box voisin.

Nadget a maintenant très envie de vider les lieux. Elle suit Milo qui inspecte le couloir depuis le seuil... Il met un doigt sur ses lèvres. On entend un groupe d'élèves, des grands, discuter, s'esclaffer. Nadget se réfugie dans l'encoignure d'une fenêtre.

La vue, d'ici, est différente de celle du dortoir des filles. La fenêtre surplombe les sinueux remparts.

Dans le couloir, le groupe d'élèves dépasse la chambre. Renfoncée dans son angle de fenêtre, Nadget attend que les voix s'éloignent.

Soudain, elle tressaille.

Sur la route des remparts, là, en contrebas, elle reconnaît trois silhouettes.

– Hé… souffle-t-elle à Milo. Hé !

Elle désigne la vitre, lui fait signe d'approcher, vite, vite !

– Regarde ! dit-elle tout bas. Que font-ils sur les remparts ? Où est-ce qu'ils vont en se cachant comme ça ?

Médusés, nez collé aux vitres, ils regardent fixement leurs amis Rose, Ambroise et Clipper s'éloigner à toute vitesse le long du chemin de ronde, l'air de trois rôdeurs en fuite.

*
* *

Rose ne s'est pas rendue à l'infirmerie. Elle n'avait pas du tout mal à la tête. Le cœur encore battant de son mensonge, elle a quitté la classe de musique, parfaitement consciente de la surprise muette de Nadget.

Elle a rusé pour se faufiler au-dehors sans être vue. Elle sait qu'un match de handball est prévu sur la pelouse, et qu'Ambroise, qui doit y participer, rentrera chez lui pour se changer. Elle veut l'intercepter avant.

Elle s'est postée, comme l'autre nuit, dans les taillis proches du pavillon des gardiens.

Depuis, blottie, elle patiente. Elle entend la cloche de fin des cours… Ses doigts triturent nerveusement le fond de sa poche, heurtent un objet oublié, froid, lisse comme une prune… Elle contemple le coquillage en chausson aux pommes dans son poing crispé. Puis elle le jette très loin. Il disparaît dans un tas de ronces.

Ah ! Au bout de longues et fastidieuses minutes, Ambroise apparaît enfin dans l'allée.

– Hé, ho ! proteste-t-il quand elle jaillit des buissons telle une flèche. Ça t'amuse de fiche la trouille aux gens ?

– Réjouis-toi plutôt. Au lieu de Jack l'Éventreur, c'est moi.

Elle l'attire sous un hêtre, à l'abri des espions. Les oreilles les plus proches sont celles d'un écureuil brun qui les écoute sur une branche haute, d'un merle juché à l'étage au-dessous, d'une chauve-souris dans son trou qui pendouille tête en bas.

– J'ai un plan, souffle Rose.

– Moi aussi : prendre mon goûter, et filer au match. Est prêt pour l'aventure celui qui a le ventre plein.

– Qui a dit ça ?

– Victor Hugo, bien sûr. Il a tout dit.

– Mon plan est mille fois plus captivant. Tu écoutes ?

– Laisse-moi d'abord aller chercher ce goûter. Je reviens.

Elle piaffe et trépigne, mais Ambroise reste inflexible. Il court chez lui, réapparaît dix minutes plus tard, Clipper aux basques, lesté de brioches, de palets bretons, d'un yaourt à boire arôme fraise, d'une poignée de Bart Simpson en chocolat.

– Tiens, dit-il en déversant la moitié de son butin.

Ils s'installent sous le hêtre, le goûter étalé entre eux, les inoffensifs espions à plumes et à poil, que Clipper est le seul à avoir détectés, branchés au-dessus de leurs têtes. Mais il s'en moque, il lorgne les palets, les brioches, le yaourt.

– Tante Astarté a raison sur une chose, dit Rose. Il nous faut une preuve.

– Ils sont où, Milo et Nadget ? On ne les attend pas ?

– Je ne leur ai rien dit, avoue-t-elle. Milo ne veut pas entendre parler de la police. Quant à Nadget… je ne crois pas qu'elle approuve mon projet.

– Oh, mais, on a toujours résolu les énigmes ensemble. *Ensemble.* Tu… tu ne vas pas trahir l'esprit du Club ?

Ambroise n'en revient pas.

– Je ne trahis personne ! s'insurge Rose, les joues en feu. On les met au courant dès qu'on possédera… la preuve en question.

– Pas très fair-play. C'est quoi, ta preuve ? enchaîne-t-il en dévissant le bouchon du yaourt.

– Les peluches. On doit absolument rapporter un ours avec nous. Quand on dévoilera son contenu, personne n'aura plus aucun doute.

Ambroise marque une pause.

– Pour ça…

– Il faut aller le chercher, oui.

– On a promis à tante Astarté de ne plus remettre les pieds à la grotte.

– On n'ira pas à la grotte.

Ambroise enfourne un Bart Simpson, une gorgée de yaourt, repose la bouteille.

– Alors où… ?

Il recrache son Simpson lorsqu'il comprend.

– À la boutique ? Tu veux aller à la boutique ? Affronter le couple Crucheret ? Merci. Sans moi.

– Alors ces forbans continueront leurs trafics.

Rose saisit le Simpson que lui tend Ambroise, le tourne pensivement entre ses doigts.

– Tu peux le manger, celui-là, dit-il. Pas de marchandise bizarre dans son ventre. À la rigueur quelques colorants.

Rose conserve la friandise au creux de sa paume, en silence. L'enrobage chocolat tiédit, commence à légèrement fondre.

– Roch est leur complice, ajoute doucement Ambroise. Il sera arrêté lui aussi, tu y as pensé ?

Elle opine, les joues crispées.

– J'ai surtout pensé à ces enfants esclaves à l'autre bout du monde qui cousent des tee-shirts ou des mocassins douze heures par jour pour une poignée de centimes.

Il hoche la tête, longuement, et se relève.

Voilà comment, quelques instants plus tard, on les retrouve tous deux, Clipper sur les talons, hors des murs du pensionnat, à filer sur la route des remparts, en direction de la boutique des faussaires.

Rien ne va plus !
C'EST TERRIBLE !
Rose disparaît sans explications. Nadget se pose des questions.
?
le Club de la Pluie se divise, le Club se sépare !

DANS LA GUEULE DU LOUP

Postés près de Luxe Promo, ils avalent une gorgée d'air pour rassembler leur courage.

– On compte sur ton aide, hein, Clipper ? chuchote Rose.

Alors, comme on saute d'un plongeoir, ils poussent la porte du magasin.

Trois jeunes filles sont en train de choisir parmi un lot d'écharpes déballées. Aujourd'hui, c'est M. Crucheret qui tient boutique. Rose contrôle discrètement autour d'eux. L'homme est seul à servir, son épouse n'est pas visible.

Emplettes terminées, les trois jeunes filles ressortent, l'homme se tourne vers Rose et Ambroise qui lui offrent leur plus gracieux sourire. Il semble sur le point de demander ce qu'ils désirent puis il se ravise et, après avoir replié les écharpes restées sur le comptoir, s'éclipse dans l'arrière-boutique.

Trop beau ! D'un discret claquement de doigts, Ambroise désigne l'arrière du comptoir à Clipper en chuchotant un ordre. Le chien s'élance aussitôt, cherche pendant une longue minute. On l'entend flairer, sa queue tape à l'aluminium du comptoir.

Rose et Ambroise, en apnée, attendent, yeux braqués sur l'arrière-boutique. Des démangeaisons les picotent au ventre et à la poitrine… L'homme reste invisible. Ambroise se rend compte que leur silence doit sembler bizarre. Il s'éclaircit la gorge.

– Tu crois que c'est la bonne taille ? lance-t-il tout haut, en tapotant une boîte qui a l'air de contenir une bouilloire.

Il se demande d'où lui vient ce timbre de canard.

– On dirait, répond Rose sur le même mode. Mais il n'y a qu'une seule couleur.

Clipper réapparaît enfin, un ourson dans la gueule. Rose frémit, les paupières aussi écarquillées que si le petit chien s'était mué en yéti de l'Himalaya. D'un geste vif, Ambroise s'empare de la peluche, la glisse dans son blouson qu'il zippe. Il est rouge, ses taches de rousseur clignotent sur son nez. Clipper lance un jappement réjoui. Lui trouve ce jeu fort divertissant.

– Il… il… n'y a qu'une seule couleur, bégaie

une nouvelle fois Rose, en rampant vers la sortie qui lui paraît vraiment très loin. Ça… ça n'ira pas… je crois.

Ambroise la presse, la pousse. La main toute moite de Rose dérape sur la poignée. Elle s'y reprend à deux fois. Ambroise, qui la talonne, trébuche sur un coin de présentoir.

À cet instant, une main de fer s'abat sur son épaule, une voix glacée tombe, tranchante, sur leurs têtes :

– Rends immédiatement ce que tu as volé, jeune vaurien.

*
* *

Dehors, à quelques mètres de là, Nadget et Milo rongent leur frein.

– Qu'est-ce qu'ils fichent ? grogne-t-elle. Ils achètent le magasin ?

Sous son caban, Milo escamote du mieux qu'il peut Rouletabille qu'il a bien fallu emporter, car au dortoir tout à l'heure le petit singe soudain réveillé menaçait de rameuter tout le pensionnat en voyant son maître et Nadget partir sans lui.

Et puis, il a fallu ensuite jouer les virtuoses pour

arriver jusqu'ici ! Sitôt qu'ils ont reconnu leurs amis sur les remparts, Milo et Nadget ont détalé au pas de course – avec Rouletabille donc – hors du bâtiment des garçons.

Heureusement, à la traversée des pelouses, avec la foule d'élèves qui suit le match de handball, personne ne fait attention à eux. Ils s'échappent par la porte fournisseurs, ouverte à cette heure-là. Depuis la ruelle, ils galopent jusqu'aux remparts, mais se gardent bien d'y grimper car, là-haut, Rose et Ambroise les repéreraient.

Ils opèrent leur filature par le bas des murailles, avec une crainte : que Rouletabille reconnaisse son pote Clipper et se mette à brailler d'allégresse.

Mais le ouistiti demeure calfeutré sous le caban. Vingt minutes plus tard, il ne pipe toujours pas, malgré l'attente qui s'éternise devant cette maudite boutique où sont entrés leurs trois amis…

– On va leur passer un fameux savon ! râle Nadget. Venir ici sans prévenir le Club… C'est une traîtrise ! Une perfidie ! Une forfaiture !

L'ampleur des mots la soulage, lui offre une toute petite satisfaction, met une lichette de baume sur sa colère et son amertume. Jamais, jamais elle ne se montrerait déloyale au Club, elle !

– Espèce de Brutus ! achève-t-elle à mi-voix.

– Ils sont peut-être en train de nous acheter un cadeau, spécule Milo, mi-figue, mi-raisin. Pour nous faire la surprise ?

– Après tous les beaux discours de Rose sur la contrefaçon et ses marchands d'esclaves ? Non, ils ont dû apprendre quelque chose qu'ils veulent dissimuler. Si c'est ça, je… elle… ils…

La fureur fait tousser sa phrase. Milo avise l'heure à l'enseigne électronique de la pharmacie voisine. Les bruits de la rue rapetissent. Certains magasins commencent à rentrer les étals.

– Je vais voir ! dit-il, à bout de nerfs. Reste ici.

Au fulminant regard de Nadget il oppose un sourire.

– Je sprinte jusqu'à la vitrine voir ce qui se trame, je reviens, c'est tout, modère-t-il. Quand nos copains ressortiront, je te promets qu'on sera deux à leur tomber dessus et à demander des comptes.

Il boutonne son caban pour stabiliser Rouletabille à l'intérieur, prend son élan, un, deux, trois, et pique un trot.

Il remonte en flèche la rue piétonne, Nadget le voit ralentir subtilement à la hauteur de Luxe Promo, faire machine arrière avant de stopper franchement, et d'inspecter à travers la vitrine, main en visière. Quelle imprudence ! Si jamais on l'aperçoit ?

Il revient, hors d'haleine. La frimousse toute secouée de Rouletabille émerge de son col. Milo a un drôle d'air aussi.

– Qu'est-ce que tu as vu ? le presse Nadget.

– Justement…

Sa voix tremble.

– Justement quoi ? Raconte.

– Rien. Personne. La boutique est vide.

– Vide !

Comment est-ce possible ? Ils ont vu Ambroise, Rose et Clipper y pénétrer. Depuis lors, la façade n'a pas quitté leurs yeux.

– Tu es sûr ? Allons voir !

Un ronronnement envahit la rue devenue, avec l'avancée du soir, quasi déserte. Un long grincement continu…

Incrédules, ahuris, ils fixent le grillage électrique qui descend, se déroule, et masque lentement la devanture de Luxe Promo. À l'intérieur, contre la porte vitrée, l'écriteau *« OUVERT »* est retourné par une main furtive. *« FERMÉ »*, indique-t-il désormais.

Nadget prend son élan. Milo la retient solidement.

– On les a enfermés ! se cabre-t-elle. Il faut rameuter, crier au kidnapping !

– En frappant à la grille ? À la vitrine ? Tu imagines qu'on va t'ouvrir ?

Ils refoulent la panique, sournoise, silencieuse, qui leur monte à la gorge.

– Une seule solution : les prendre à revers. Mais avant, direction la quincaillerie d'à côté. Fissa, Nadget !

*
* *

Un crépuscule vert a rembruni la plage. L'école de voile a baissé le rideau elle aussi. Les Optimist reposent sobrement au sec dans le hangar à bateaux. On ne discerne que le contre-jour d'un dernier ramasseur de coquillages courbé entre le sable et l'écume.

La mer est assez loin encore, le chemin vers l'îlot du Grand-Bê toujours à découvert… Plus pour longtemps, car la marée monte !

Le pêcheur de coquillages rassemble son matériel, soulève son seau avec sa récolte, gravit l'escalier découpé dans la muraille avant de disparaître.

Nadget, Milo et leur petit camarade sont maintenant les seuls occupants de la plage, camouflés par les rochers. La brise du soir leur arrache un frisson.

Il fait sombre au milieu des récifs, on ne voit pas très bien où l'on pose les semelles. Parfois c'est gluant, parfois piquant. À cause des flâneurs, là-haut, sur les remparts, ils n'osent allumer les lampes de poche achetées tout à l'heure, à la quincaillerie, en même temps que des piles et une corde.

Ils passent un temps fou à débusquer le bâton. Alors qu'ils commencent à sérieusement désespérer, Nadget le sent soudain rouler sous sa chaussure. Elle patine dessus, conserve son équilibre in extremis.

Cette fois, ils ne sont que deux pour se battre avec le grand bloc qui défend l'accès à la grotte. Rouletabille a beau les applaudir de ses petits gants blancs, le roc renâcle, résiste plusieurs minutes. Les deux enfants sont en nage.

– Pas toi qui prétendais qu'avec les lois de la physique même un clebs pouvait muter Superman ? persifle Milo.

Enfin le bloc s'incline, bat en retraite et consent à dévoiler, telle une paupière de Cyclope, l'entrée secrète.

– En avant, murmurent-ils d'une seule voix.

Ils renoncent à remettre le bloc en place derrière

eux, ils n'ont plus la force, plus le temps. Au moins, ils peuvent s'éclairer maintenant.

Rouletabille se cramponne aux boucles de Nadget. Milo a enroulé la corde neuve autour de sa taille. Les deux enfants rampent dans l'air confiné du premier souterrain. Ils font une pause, parfois, pour écouter, pour s'assurer qu'ils sont seuls…

*
* *

Le silence.

Rose ouvre grandes ses oreilles mais le silence est si épais qu'il donne la sensation d'être noyé dans un tonneau de farine.

On dirait qu'il s'est écoulé des heures depuis que le couple Crucheret les a bâillonnés, ligotés et jetés dans ce réduit au fond de l'arrière-boutique. Avant cela, Ambroise et Rose ont tellement résisté, tellement crié qu'ils se demandent s'ils ne sont pas devenus réellement sourds. Qu'ont fait les deux affreux de Clipper ?

Dans le noir, Rose émet des « mmm ! mmm ! » derrière le bâillon qui lui scie les lèvres. Écho identique du côté d'Ambroise. Mais à quoi bon ? Impossible de se comprendre.

Ambroise se promet bien qu'un jour il apprendra l'alphabet morse. Dans les romans d'aventures, le monde entier connaît le morse. Il aurait pu ainsi communiquer avec Rose en tapant du talon sur le sol. Mais il ignore tout, hélas, de ce code. Et Rose ne le connaît pas davantage. Oh, bon sang, où est Clipper ? Ces bandits l'ont-ils endormi ? Enfermé lui aussi ? Sur les paupières d'Ambroise, le bandeau se mouille subitement.

Tout à coup, des bruits de l'autre côté du réduit.

On distingue des voix bien que les paroles ne les atteignent pas. Ils reconnaissent les époux Crucheret. Quant à la troisième voix… C'est celle de ce grand type, l'armoire à glace que Nadget appelle Terminator. Olrik.

Une porte grince. Les enfants retiennent leur souffle.

– Ils sont là, dit la femme, toute proche.

– Je m'occupe d'eux, m'dame Cruch…

– Pas de nom, crétin ! tonne Crucheret.

Ces bandits ne se doutent évidemment pas que le Club de la Pluie a déjà les noms de Crucheret et de Marc Dixon dans sa besace. Ils ignorent également que l'entrée secrète par la plage a été découverte, ils pensent que seul le chemin par la boutique est connu.

– Sitôt la livraison débarquée, continue l'époux Crucheret, il faudra prendre une décision drastique.

– Dras... quoi ? grommelle Terminator.

– Allez. On fait comme on a dit.

Au chuintement de pneus, Rose devine l'avancée d'un véhicule. Une poigne vigoureuse les soulève comme des oisillons et les propulse dans une sorte de cube, de benne ou de conteneur.

– À tout à l'heure, dit Mme Crucheret.

Bientôt, ils roulent. Ça cahote, ça brinquebale avec des sons caoutchouteux. À Ambroise, cela rappelle le brancard de l'ambulance qui l'emmenait se faire opérer de l'appendicite à huit ans ; à Rose, sa toute première fête foraine, quand elle a vomi dans le chariot du train fantôme. Ils ont alors une illumination ! Ils sont dans le wagonnet qui sert au transport des marchandises.

Le fumet de la bouillie verte par terre leur effleure les narines... À travers le tissu des bandeaux remue de temps à autre le cercle pâle d'une torche. Ils se trouvent dans le souterrain. Où les emmène-t-on ? Si seulement ils pouvaient crier...

Rose agrippe ses ongles à une arête du conteneur, tente de se redresser. Un cahot la rejette dans un angle. De l'autre côté du bâillon, sa bouche hurle :

– Bandits ! Vous nous emmenez où ? Où est Clipper ?

Mais les mots deviennent des « mmh ! mmh ! mmh ! » asphyxiés. Elle se démène, cogne des fesses contre la paroi. Cela ne produit pas plus de bruit qu'un polichinelle en chiffon qui sautillerait sur une moquette.

– Du calme, petite ! commande la voix sèche de Crucheret.

Elle s'écroule, dos à dos contre Ambroise, épuisée, la rage au cœur.

Les mains ligotées de son ami tâtonnent, trouvent son poignet. Leur pression, légère et consolante, l'apaise un peu.

Cet étrange voyage semble sans fin. On doit les conduire au fond des Enfers… Mais non, la clameur qui grossit autour d'eux, qui enfle tel un orage lointain n'est pas celle d'un feu souterrain mais d'un liquide puissant et infini. La mer. La mer est au-dessus de leur tête.

Le wagonnet s'immobilise dans un hoquet.

– Faut se grouiller, la mer sera haute dans une heure ! intervient un troisième homme qui a surgi. Le bateau arrive bientôt.

Rose et Ambroise se raidissent. C'est la voix de Roch.

– C'est calme dehors, poursuit-il. Trop. J'aime pas ça du tout. Hé ! Vous apportez quoi, là-dedans ?

– De jeunes curieux, répond Crucheret.

Ils entendent Olrik glousser un rire. Le rond blanc de la torche balaie les bandeaux sur leurs paupières. Roch garde le silence. Rose ricane intérieurement, méchamment, amèrement. Le voilà estomaqué, Long John Silver de Saint-Malo !

– Tu as raison, profitons de la marée haute, susurre Crucheret d'un ton empli de sous-entendus sinistres.

Un grincement abominable déchire les oreilles. Une chaîne racle la roche, des anneaux de métal se dévident par saccades. Qu'est-ce que c'est ? Une chaîne… Où en ont-ils déjà vu dans ces tunnels ?

Ambroise, lui, a déjà compris. Ses doigts pincent frénétiquement la manche de Rose afin de lui expliquer, lui rappeler… Alors elle se souvient. La herse !

Le wagonnet parcourt une bonne distance avant de stopper à nouveau. Les mêmes bras épais extirpent les enfants du caisson et les lâchent sur un sol humide et froid.

On dénoue leurs liens, libère leurs yeux. Le dur éclat d'un fanal les éblouit. La voix de Crucheret s'élève, sèche, dans les ténèbres puissantes.

– Terminus. Détache-les.

– Hein ? s'ébahit Olrik. Ce serait pas plus futé de les laisser comme ça, poignets ficelés dans le dos ?

– Pas du tout futé, non. Si on les retrouve sans bâillon ni liens, c'est un accident. S'ils sont ligotés, c'est un meurtre. Vu ?

Ambroise et Rose se remettent debout sous la large voûte d'une immense caverne, paumes en visière contre la lumière crue.

– Nos amis savent où on est ! clame Rose sitôt qu'on lui ôte le bâillon. On les a prévenus ! Ils ont sûrement donné l'alerte !

Elle crache, fait des grimaces de chat furibond. Le tissu lui a laissé un vilain goût sur les dents. Elle se tourne vers Roch, ombre figée et muette au fond de la caverne.

– Traître ! Traître ! hurle-t-elle. Voleur en plus ! Et menteur !

Elle s'essuie les joues et le nez sur ses manches. Crucheret la toise, railleur, placide. Il ne croit évidemment pas à cette histoire d'amis prévenus. Hélas, il a raison.

– Qu'ils viennent donc, réplique-t-il. On les attend. Allez, vous autres ! Filons.

Les deux enfants s'élancent vers leurs silhouettes qui se détournent, mais, dans un sifflement terrifiant de guillotine, la herse tranche la nuit et claque sur la roche comme une mâchoire.

– Où est mon chien ? implore Ambroise dans le lourd silence qui suit. Qu'est-ce que vous avez fait de Clipper ?

Leurs pauvres doigts s'accrochent et se blessent aux barreaux qui les retiennent prisonniers. Les ombres des trois forbans se découpent un moment en contre-jour du fanal, puis disparaissent avec le wagonnet après un virage. L'obscurité du tunnel rogne les ultimes lueurs, comme un mammifère ronge un fruit pourri. Puis c'est le noir.

PERDUS !

Longtemps, ils restent muets.

– Rose ?

– Oui.

– C'est ballot de n'avoir pas pris les lampes de poche.

– Y avait pas de raison, on allait à la boutique.

– Rose ?

– Oui.

– Ce sont les vagues qu'on entend ?

– On est juste dessous. C'est la mer qui bat.

Dans le noir, elle tente de localiser la chaîne de la herse, mais elle y renonce. Ils ont dû, de toute façon, fermer le cadenas.

– Ambroise ?

– Oui.

– Bon sang, c'est toi qui frappes ? Qu'est-ce que tu fabriques ?

– Je sonde les murs. L'autre nuit, quand on regardait à travers la herse, il y avait un genre de tunnel…

Elle se rappelle parfaitement. À son tour, elle explore du poing les parois moites.

– Rose ?

– Oui.

– Il faut sortir d'ici. Ils peuvent revenir.

– Ambroise ?

– Oui.

– Sans lumière, c'est pas gagné.

Ils essaient de se souvenir des lieux. Qu'ont-ils aperçu tout à l'heure quand le fanal éclairait encore ? Leurs chaussures patinent sur une gélatine mouillée. Algues ? Lichen ? Champignons ? Ça sent le sel, le poisson, la marée.

– Ambroise ?

– Oui.

– Quand cette fripouille de Crucheret a dit : « Sans bâillon ni liens, c'est un accident. Ligotés, c'est un meurtre… », ça signifiait quoi à ton avis ? Pourquoi nous avoir détachés avant de nous emprisonner ici ?

– Je ne sais pas.

– Ça me turlupine.

– Le sort de Clipper me turlupine aussi.

- On va le retrouver, t'en fais pas.

Elle n'en est pas si sûre. Pas sûre non plus qu'ils vont pouvoir fuir cette caverne. L'air suintant et confiné lui déclenche une quinte de toux. Immédiatement, des dizaines de Rose toussent des dizaines de fois par tous les coins.

– Écoute. L'écho. Il y a vraiment un tunnel pas loin. Nom d'un pétard, avec une lumière on le situerait tout de suite…

– Écoute ! répète Ambroise.

– Hyper drôle.

– Non, sérieux. Tu entends ?

Ils se figent, les sens aux aguets. Par-delà le flux des vagues, là-haut, autour, et derrière les parois, un son familier, lointain, traverse les ténèbres.

Ambroise se jette contre la herse.

– Clipper !

Il se baisse, bras tendus, palpe entre les barreaux en appelant son chien. Rose appelle aussi.

Les jappements sont proches, de plus en plus proches… Une truffe humide et des poils rustres viennent brusquement cogner leurs mains ouvertes. Clipper est assez petit pour se faufiler sans peine entre les barreaux. Les enfants le reçoivent dans leurs bras avec des soupirs et des exclamations de bonheur. Soudain, Rose s'immobilise.

– Chut.

Ambroise enferme le museau de son chien dans sa main. Des pas sont en train de s'éloigner dans le souterrain… Des pas qui claudiquent.

– C'était Roch, chuchote Rose quand le silence retombe.

– Oui… Il nous a ramené Clipper.

*
* *

Ils sont perdus. Voilà quatre fois que Nadget et Milo croisent cette stalactite qui ressemble à une grande louche rouillée.

– Je t'avais dit : il fallait longer à gauche avant le tournant.

Nadget soupire. Elle ne sait même plus de quel tournant parle Milo, elle a l'impression de les avoir tous écumés. Fatiguée, elle s'appuie contre une saillie. Si seulement elle avait songé à emporter son *Pinky Glossy*. Ils auraient pu tracer des repères dans ce dédale.

Ils auraient dû, aussi, acheter une boussole en même temps que les lampes, les piles et la corde. Ils n'y ont pas pensé. Le quincailler les pressait tant ! Il trépignait pour fermer sa boutique.

Elle caresse Rouletabille, toujours calfeutré sous ses boucles… Soudain, elle tressaille.

– Attrape ma lampe, vite ! commande-t-elle. Éclaire Rouletabille.

Milo s'exécute. Nadget examine le costume de leur compagnon, scrute les coutures. Les fines mailles ont été tricotées serré par tante Astarté. Si seulement on parvenait à…

– Donne-moi cette veste, Rouletabille, dit-elle. S'il te plaît.

– Plus tard, le défilé de mode ! bougonne Milo.

Fi des railleries ! Elle pince un minuscule fil quasi invisible. Patiemment elle défait le nœud… et tire. La jolie veste diminue d'un rang. Galvanisée, Nadget poursuit son détricotage. Rouletabille, qui trouve l'occupation amusante, l'aide en tirant de bon cœur.

Le jeune ouistiti se retrouve bientôt en marcel de jersey, et Nadget avec une bonne centaine de mètres de pelote dans la main.

– Abrite-le dans ton caban, je ne voudrais pas qu'il s'enrhume. Tabadam, vive le point d'Alençon ! poursuit-elle en chantonnant. Maintenant, la pelote entre en scène ! Merci mille fois, généreux Rouletabille. Je t'offrirai un autre habit dès qu'on sera sortis de là.

Elle attache une extrémité du fil à la grande louche rouillée, et avance en dévidant la pelote derrière elle, snobant le regard admiratif de Milo avec des allures de diva. Sans lâcher le fil, ils progressent ainsi le long de trois galeries.

La pelote s'achève dans une impasse où ils ont déjà échoué dix fois. Ils reviennent en arrière, se retrouvent au point de départ – la grande louche rouillée –, et bifurquent dans une direction différente, toujours suivis de leur fil d'Ariane.

Ils recommencent l'opération pour deux autres tunnels. La pile de la lampe donne des signes de mollesse et ils sont au bord du découragement lorsque, soudain, ils débouchent sur une galerie inexplorée...

– Regarde ! La paroi est percée, là-bas.

Une nouvelle grotte ? Un autre passage ?

– Chut...

Nadget a entendu. Ils éteignent vivement et s'accroupissent à l'abri d'une corniche. Milo presse doucement sa paume sur la joue de Rouletabille. Un grondement approche, il croît, et bientôt se précise.

La lumière violente d'un fanal jaillit du souterrain. Un wagonnet, propulsé par trois silhouettes, file en trombe sous leur nez, à l'autre bout de la galerie.

Nadget, Milo et Rouletabille attendent, blottis sous leur corniche, un peu tremblants. Quand le bruit est suffisamment loin, ils rallument.

– Terminator, Crucheret et… Roch ! En pleine besogne, on dirait.

– Ils ont débouché du fond, de ce trou exactement. C'est bien par là qu'il faut aller.

*
* *

Avec Clipper à leurs côtés, l'énergie d'Ambroise et de Rose est revenue.

– Sais-tu si les chiens voient dans le noir ?

– Ce chien est un chameau, un âne, un étourneau, pas un chat.

– Exact, il n'a jamais miaulé. Il ne parle pas non plus. Dommage, il nous aurait appris où ces brutes l'avaient planqué.

Ragaillardie, elle pichenette la truffe qui frétille.

– Mais il a un nez. Il va nous aider à trouver l'issue.

Le vaillant petit animal se met en quête, queue battante. Il rase les murs, renifle les roches, flaire les aspérités.

Les deux enfants suivent pas à pas, Ambroise

agrippé au collier de Clipper, Rose agrippée au tee-shirt d'Ambroise.

La caverne est immense. C'est comme explorer un grand parking, juge Rose. Sauf que les parkings sont éclairés, et rarement sous-marins.

– C'est sympa de la part de Roch d'être revenu nous rendre Clipper, dit-elle tandis qu'ils longent, en file indienne, une paroi interminable.

– Ouais, grogne la voix d'Ambroise dans le noir. Chic type.

Elle regrette d'avoir traité Roch de traître.

Pourtant, elle avait de sérieuses bonnes raisons.

Pourtant, en leur rapportant Clipper, il s'est un peu racheté.

Pourtant, se rabroue-t-elle immédiatement, tout en cheminant dans l'obscurité, dans le bruit des vagues et dans ses méditations, cela ne rachète pas qu'il est complice de voleurs, de faussaires, d'escrocs, de forbans qui font travailler les enfants.

Elle s'interroge sur les intentions de Crucheret. Dans quel but sournois les a-t-il ligotés pour les laisser libres ensuite ? Au reste, sont-ils réellement… libres ? Voilà de longues minutes qu'ils errent dans ces ténèbres sans issue. Il a parlé d'accident, de meurtre… Que voulait-il dire ?

Le front de Rose se glace peu à peu d'une sueur déplaisante. Elle tortille nerveusement l'ourlet du tee-shirt d'Ambroise.

– Ambroise ?

La paroi s'incurve en un virage aigu, de fortes rafales bousculent leurs cheveux.

– De l'air ! annonce Ambroise. On approche de quelque chose.

La mer gronde plus violemment sous la voûte et couvre en partie ses paroles.

– Une sortie ? dit-il. Qui donne peut-être ailleurs sur la plage ?

À cet instant précis, son tee-shirt file, file comme du sable hors des doigts de Rose… et disparaît.

Le Club en DANGER!
Rose a-t-elle trahi ses amis?
Une moitié de Club, ce n'est plus un Club!
Milo, Nadget et Rouletabille jouent les espions...
Piégés dans les ténèbres, Ambroise et Rose tentent une évasion...

RETROUVÉS !

– Ambroise ? Clipper ?

Pas de réponse.

Rose demeure rivée sur place, à deux doigts de la panique. Ambroise a-t-il glissé ? Est-il évanoui ? Emporté par un être invisible ? Blessé ? ... Mort ?

Elle hurle son nom et celui de Clipper dans le grondement sourd de cette mer qui est partout et qu'on ne voit pas. Elle finit par s'étrangler à trop s'époumoner.

Seulement alors, elle entend la voix. Qui lui parvient de nulle part.

– Si tu gueulais moins fort, tu m'entendrais peut-être…

– Ambroise ! s'exclame-t-elle, soulagée. Où es-tu ?

– Dans un trou. N'avance pas, tu pourrais tomber aussi. Fait gla-gla, ici, c'est mouillé et y a un sacré zef…

– Tu n'es pas blessé ?

– J'ai cassé mes talons aiguille. Non, pas de blessure.

– Clipper ?

Un aboiement ravi lui répond. Le chien semble aussi joyeux que s'il venait d'abattre douze quilles, d'un coup, au bowling. Sans déplacer ses pieds, Rose s'accroupit, effleure les bords de ce qui semble être une grande fosse. Elle essaie par tâtonnements d'en évaluer le diamètre.

– Ç'a l'air sacrément large. Et ce vent ! Il doit y avoir une sortie pas loin, on entend les vagues se fracasser. C'est confortable, au moins ?

– Je suis assis sur un truc. Mais pas de quoi en faire son fauteuil préféré. Debout, bras en l'air, je ne touche pas le bord.

Elle s'étend à plat ventre, avec prudence, plonge un bras à l'intérieur… Leurs mains ne s'atteignent pas, ne s'effleurent même pas.

– Tu es tombé bien bas, conclut-elle avec un rire de nervosité.

Ils restent silencieux, pétrifiés par ces ténèbres qui les piègent. Qu'y a-t-il devant ? Au-dessus ? Dessous ? La mer ? Un précipice ? Des oubliettes ? Le centre de la Terre ? Rose se frotte les biceps pour s'empêcher de frissonner.

– Bouge pas, dit-elle.

– Dommage, j'ai une terrible envie de piquer un cent mètres.

– On va attendre sagement le lever du jour. Peut-être qu'un rayon filtrera entre les rochers, on y verra un peu plus… Oh ! gémit-elle tout bas. Écoute… Ils reviennent !

Pas de doute, quelqu'un est en train de relever la herse, la chaîne cliquette doucement… Tout de suite après, ce sont des sonorités étranges, comme les couinements d'une grosse souris.

– Chut. Plus un mot.

De longues secondes, on n'entend rien d'autre que le vent et la mer qui soufflent et crachent dans les tréfonds de la fosse. Rose écarquille les yeux dans le noir. Derrière, une lueur prudente trottine…

Le fanal, sûrement. Les bandits sont vraiment de retour.

Le halo, diffus, avance en flottant, commence à animer le virage. Rose peut enfin évaluer les lieux. Pour ce qu'elle peut en distinguer, la grotte est une impasse. Ce qu'ils avaient pris pour un tunnel n'est qu'une niche fermée. Nulle part où se cacher. Nulle part où s'échapper. À moins de sauter pour rejoindre Ambroise dans ce trou…

Elle s'incline vers le gouffre. On ne voit rien. Les rafales de vent, le bris des vagues résonnent comme des grognements de bêtes préhistoriques qu'on aurait tirées du sommeil. C'est terrifiant.

Une lumière brusque l'aveugle. Quelque chose percute et accroche son bras. Elle pousse un cri d'épouvante.

– Rose ! Rose, enfin… Tu es là !

Rose se tourne avec lenteur, regarde fixement son bras où est suspendue une petite silhouette en marcel de jersey blanc. En face, sous le faisceau d'une lampe de poche, les sourires de Nadget et de Milo luisent tels deux papillons clairs.

– Si tu veux concurrencer Lady Gaga, cherche un autre studio d'enregistrement, préconise Milo.

Toute tremblante encore, Rose caresse la petite ombre de Rouletabille recroquevillée sur son bras.

– Co… comment êtes-vous arrivés jusque-là ? bégaie-t-elle.

– Avec sang-froid, dit Milo.

– Et astuce, dit Nadget.

– Vous avez réussi à lever la herse ?

– La chaîne était de notre côté, le cadenas ouvert. Où est Ambroise ?

Rose glousse nerveusement.

– Il tente de passer son brevet de spéléologie, dit-elle en s'emparant de la lampe de Nadget. Mon Dieu, vous savez quoi ? Je n'ai jamais été aussi heureuse de vous voir !

– Rappelle-toi cela lorsque tu refuseras de m'offrir ta part de mousse au chocolat.

– Ambroise ! s'écrie Milo, couché à plat ventre au bord du trou, lampe braquée. Tu es dingue de sauter sans parachute !

Brrr... Il ne s'agit pas d'un simple fossé, mais d'un puits dont les profondeurs vont s'engloutir droit dans les rochers et l'eau sombre. Au fond, des vagues pointues, aussi gluantes et noires que des langues de lézard s'engouffrent par un passage qu'on devine.

En suspension sur une espèce de galette en pierre, à un pied du bord du gouffre, Ambroise et Clipper se tiennent pelotonnés.

– Je préférais quand il n'y avait pas de lumière, dit Ambroise bravement. Au moins, j'ignorais comment c'était tout en bas.

– Qu'est-ce qui s'est passé ? demande Nadget.

Rose résume très vite comment ils ont été ligotés, bâillonnés, enfermés. Nadget a très envie de lui demander pourquoi elle a fait cavalier seul avec

Ambroise, mais ce n'est guère le moment de déclencher une polémique Elle le saura plus tard... et les deux Brutus ne perdent rien pour attendre !

– Ces crapules vous ont détachés avant de vous boucler derrière la herse ? questionne Milo, perplexe. Pourquoi ?

– Je me creuse la tête pour comprendre. Ce Crucheret a dit...

– Hé ! les interrompt Ambroise depuis sa galette. Sortez-moi de là ! L'eau monte !

Insidieuses et rapides, les vagues sont en effet en train de remplir le puits. L'eau arrive à mi-hauteur.

– La marée ! dit Rose. Roch disait qu'elle serait bientôt haute.

Milo déroule et lance sa corde. Il l'arrime solidement à une stalagmite. Clipper est prestement ficelé et remonté en moins de deux. Ambroise s'attache ensuite à la corde que, à l'autre extrémité, les deux filles et Milo empoignent de toutes leurs forces.

À l'aide de ses talons, Ambroise se tracte, se hisse lentement sur la paroi verticale.

– Avant une prochaine excursion spéléo, s'essouffle Nadget, mets-toi au régime !

– Je... suis pas... gros ! riposte Ambroise, arc-bouté sur la corde.

– Non, mais maigre, ce sera mieux ! remarque-t-elle.

Rouletabille s'est assis sur le dos de Clipper dans la pose du yogi sur la montagne sacrée. Tous deux suivent les opérations avec sollicitude. Parvenu au but, Ambroise se dégage de la corde et s'écarte en frissonnant de l'abîme qui a bien failli l'engloutir.

– Vite ! dit Rose. Maintenant que la herse est levée, on peut s'échapper par la plage.

FRANÇOIS-RENÉ DE CHATEAUBRIAND, GROS CHÉRI

Malheureusement, en approchant du carrefour qui conduit à la plage, ils comprennent que ce sera mission impossible. L'endroit est très occupé.

Quatre hommes s'y affairent. Olrik et Roch chargent de caisses un conteneur, sous l'œil de Crucheret et d'un inconnu au visage glacé sous sa casquette de pêcheur.

Le cœur battant, les enfants restent dans l'ombre.

– Dans une demi-heure, dit l'homme au visage glacé, la mer aura le niveau idéal. Les deux mômes sont bien enfermés ?

– J'ai verrouillé le cadenas moi-même. Sans lumière, ils sont coincés, assure Crucheret.

– Fallait les laisser attachés.

– C'est ce que j'ai dit, note Olrik.

– J'ai expliqué pourquoi c'était plus malin de ne pas le faire.

Nadget se penche vers Rose pour lui chuchoter à l'oreille :

– Le cadenas était ouvert. Sans quoi on n'aurait jamais pu relever la herse.

– Les gosses, s'agace l'homme à la casquette, ça se faufile comme les asticots.

– Impossible, ici. Mais si ça peut vous tranquilliser… Olrik va retourner jeter un œil là-bas. Olrik ?

Olrik émet un ronchonnement indistinct qui signifie qu'il n'en meurt pas d'envie.

– J'y vais, propose alors Roch d'un ton paisible. Il faut que j'aille chercher un autre rouleau de ficelle, c'est sur le chemin.

– Toi ou lui… concède Crucheret en haussant les épaules.

Olrik ponctue sa satisfaction d'un borborygme. Roch prend le temps de s'essuyer les mains et de se munir du fanal posé un peu plus loin.

En une volte-face foudroyante, Rose, Milo, Nadget et Ambroise foncent aussitôt dans la galerie. Avec une idée en tête : disparaître avant que Roch donne l'alerte quand il découvrira qu'ils ne sont plus dans la caverne !

Ils bifurquent vers un tunnel qu'ils n'ont encore jamais emprunté car l'entrée, étroite et oblongue, s'ouvre à un mètre et demi du sol. On se fait la courte échelle, excepté Rouletabille, qui n'a besoin que d'un saut pour s'y poser.

Ensuite, il faut baisser la tête sous le plafond bas et les violentes bourrasques. Le boyau s'élargit parfois, se rétrécit à d'autres moments. Ça monte, ça redescend. La mer ronfle comme une ogresse sur leurs têtes.

Enfin, ils tombent sur une brèche, surélevée elle aussi. Nadget, la plus légère de l'équipe, se juche sur les épaules d'Ambroise, sa lampe coincée entre les incisives. Elle s'introduit dans la brèche, s'accoude pour vérifier l'autre côté.

On l'entend pousser une sorte de gémissement.

– Quoi ? Qu'est-ce que tu vois ? chuchote Rose.

– À ta prochaine escalade, grogne Ambroise qui vacille, mets-toi aussi au régime, Nadget !

Soudain, il ne sent plus rien. Ses épaules sont vides, sans poids. Il lève la tête, le temps d'apercevoir, là-haut, les jambes de Nadget qui s'envolent et s'éclipsent par la brèche, comme aspirées par le courant d'air. Rouletabille bondit et disparaît à sa suite.

– Nadget ! appelle Rose à mi-voix. Où es-tu ?

Vite ! Milo grimpe sur les épaules d'Ambroise, s'arrime au bord de la brèche, puis aide ses deux camarades et Clipper à monter à leur tour.

De l'autre côté, silencieux, les attendent Nadget, Rouletabille… et Roch.

Le doigt sur la bouche, le jeune homme les aide à descendre. Ils reconnaissent aussitôt les lieux, et Rose en soupire de rage. Les revoilà devant la herse ! Ils ont tourné en rond.

– Suivez-moi, ordonne le jeune homme, presque inaudible.

Ils obéissent sans broncher. Il les pilote dans ce labyrinthe comme sur un jeu de l'oie dont il connaît par cœur toutes les cases.

Après une marche pressée dans le vent grossissant et le tumulte des vagues qui se rapprochent, ils débouchent enfin sur un promontoire, une grotte large ouverte sur la mer et la lune. Les vagues déferlent, pénètrent, se déroulent à leurs pieds, noient le socle rocheux.

Après ces heures d'enfermement, les quatre enfants respirent enfin. On entend au-dehors les cris de bébé de quelques mouettes noctambules.

– Où est-ce qu'on est ? s'inquiète Nadget. Pas sur la plage ?

– En face. Sur l'île du Grand-Bé.

– Dommage pour Mme Lou Archer ! soupire Ambroise. Jamais elle ne sera aussi près de son gros chéri de François-René que nous le sommes en ce moment. La prof de français, précise-t-il à l'intention de Roch. Une fan de Chateaubriand.

– Grimpez tous en haut de cette corniche. N'en bougez plus, compris ? Je reviendrai plus tard vous chercher en bateau.

– Pourquoi là ?

– Le seul endroit qui restera sec lorsque la marée aura envahi cette grotte.

Il regarde sa montre.

– Dans moins d'une demi-heure. Je reviendrai, répète-t-il en les fixant de son œil tout seul. Avec le bateau. N'essayez pas de retourner en arrière, le boyau par lequel on vient d'arriver sera noyé d'ici peu.

– Pourquoi ne pas partir tout de suite ? On peut nager, le Grand-Bê est assez près de la plage.

– On en est très loin au contraire ! Ici, c'est face au large. Les courants sont puissants, ils vous aspireraient et vous briseraient sur les récifs. Je reviens avec le bateau sitôt que… j'aurai fini.

– Fini… quoi ?

– Le travail.

Une vague vient mourir à un mètre de leurs pieds.

– Grimpez vite. Faut que j'y retourne avant que la mer atteigne la brèche, après il sera trop tard.

Une fois qu'ils sont tous à l'abri sur la corniche, il fait demi-tour en clopinant.

– Roch ? chuchote Rose.

Il incline la tête, sans se retourner, sans regarder.

– Pourquoi ils nous ont détachés avant de nous enfermer dans la caverne à la herse ?

Il hésite, toujours incliné, toujours dos tourné.

– La herse est exactement de l'autre côté de cette paroi. À marée haute, la caverne se retrouve sous les eaux aussi, répond-il doucement.

Ils le regardent repartir, avec sa boiterie agile.

– Roch ? rappelle Rose, tout bas.

Il s'arrête à nouveau, sa main tapote sur sa poche avec impatience.

– C'est bien toi qui nous as ouvert le cadenas, dit-elle. Lorsque tu as rapporté Clipper. N'est-ce pas ?

Il repart sans répondre.

– Roch ? dit-elle encore.

Il disparaît dans une cavité.

– Merci ! dit-elle, bien qu'il ne puisse plus entendre. On t'attend.

– Ces bandits projetaient de se débarrasser de nous en nous laissant nous noyer là-bas ? Dans la caverne ? murmure Ambroise, abasourdi.

Rose acquiesce. Elle a un peu froid.

– Sales types ! Canailles ! se révolte Nadget. Attachés ou pas, vous seriez morts sous l'eau. Ça ne changeait rien pour eux.

– Ça change tout au contraire. Si la mer rejette des noyés ligotés, les yeux bandés, on ouvre immédiatement une enquête pour meurtre.

La voix de Rose chevrote. Ils frissonnent. Sans liens, sans bandeaux, on aurait conclu à une noyade accidentelle. Deux enfants imprudents qui s'aventurent dans les rochers.

– Il a ouvert le cadenas pour nous, rappelle Rose tout bas.

– On ne le savait pas, ricane sombrement Ambroise. À quoi ça aurait servi ?

– Quand même, ça nous donnait une chance.

– Il n'y a plus qu'à l'attendre, murmure Milo.

LA FLOTTE DE LA LUNE

Depuis combien de temps patientent-ils, perchés là, sur cette corniche ? La mer, haute depuis longtemps, transforme la grotte en une monumentale baignoire sous la lune. Des bateaux clignotent en farandole sous les étoiles, mais aucun ne s'approche.

Ils ont joué aux charades, aux morpions, au pendu, à Fire Crash. Ils se serrent en rond au milieu de la corniche comme une famille d'Eskimos au centre de l'igloo.

– Regarde ! dit soudain Nadget en donnant à Rose ce qu'elle vient de découvrir dans une alvéole remplie d'eau de mer.

Le petit objet brille, nacré sous la lune, lisse comme une prune.

– Un coquillage. Avec la même drôle de forme que l'autre.

C'est vrai. Celui-ci est plus modeste mais ressemble lui aussi à un chausson aux pommes miniature. Rose sait bien que le premier, celui qu'elle a jeté avec colère, gît parmi les buissons du pensionnat, mais elle a l'impression très douce que celui-ci annule son geste. Elle le saisit, le serre, le fourre dans sa poche.

Et puis une des deux lampes s'éteint.

Nadget raconte la comédie musicale *West Side Story*, mime New York, les gratte-ciel, le métro aérien, les robes, les bagarres, et gazouille les chansons en prime. Rouletabille imite ses gestes en contrepoint. La corniche est une scène. Les vagues et les mouettes un très bon public.

Un court moment, ils ont la compagnie d'un goéland. Il atterrit sur une arche en granit, son œil pâle et vorace réclame quelque chose à grignoter. Clipper lui crie d'aller voir ailleurs. Le goéland le toise avec dédain et décolle. Nadget et Rose se demandent si c'est le goéland de Roch.

La seconde lampe s'éteint.

Ne restent que les étoiles, la lune est partie marauder derrière l'île. Ils ont un peu faim et un peu soif.

– S'il ne tient pas sa promesse… commence Rose, la gorge nouée.

– … on viendra nous secourir quand il fera jour, dit bravement Ambroise.

– … c'est qu'on l'aura empêché, achève-t-elle.

– Chateaubriand veille sur le Club de la Pluie ! déclare Nadget en pointant l'index vers la voûte.

C'est drôle de penser qu'on a une île entière et un grand écrivain au-dessus de la tête.

– S'il pouvait nous filer des allumettes, ton François-René, avec un peu de bois, soupire Milo, on se grillerait des coquillages, on serait de vrais Robinson…

Clipper se redresse. Il renifle le large. La main de son maître se pose sur son collier. Alors, enfin, le son d'un moteur se mêle au susurrement des vagues.

– C'est lui.

Le bateau est un Zodiac léger. Il peine à accoster car la houle est musclée à l'entrée de la grotte.

– Vite ! jette Roch, la voix oppressée. Vite. Vite.

Il est blême. Peut-être à cause de la lune. Son œil tout seul plus enfoncé que jamais. Les enfants sautent un à un dans le canot qui ballotte sur le roulis et les asperge d'embruns et d'écume. En silence, Roch redémarre. Le moteur ronronne à bas régime, le bateau avance doucement. On devine que c'est pour provoquer le moins de bruit possible.

Le Zodiac rebondit comme une balle sur les vagues, contourne l'île. Ils aperçoivent, non loin, un second bateau, un chalutier, tous feux éteints, qui flotte, immobile, au milieu de la baie, l'air d'une baleine échouée.

– Baissez-vous.

L'ordre est sans réplique. Ils s'aplatissent au fond de la coque. Le chalutier est le navire des forbans, celui qui transporte cette maudite marchandise. Quelle fable a dû inventer Roch pour emprunter le Zodiac et venir les délivrer à l'insu des autres ?

La plage arrive droit vers eux en trois minutes. Elle était proche, et pourtant si loin…

Sitôt qu'ils posent le pied sur le sable, Roch, resté dans le bateau, leur parle tout bas, d'une voix brève, hachée, comme s'il avait le souffle coupé.

– Maintenant, courez. Courez aux remparts. Ne vous retournez pas ! Compris ? Courez.

– Mais… dit Nadget.

– Courez !

Clipper obéit le premier. Les enfants et Rouletabille bondissent derrière. Ils ne comprennent pas mais ils courent, le cœur battant triple, vers la masse lourde des sombres murailles. Le canot fait demi-tour.

Les enfants touchent l'escalier des remparts.

À cet instant, la lumière blanche et droite d'un phare puissant transperce la nuit, illumine le rivage, balaie les vagues, les flaire tel un long nez lumineux. Elle a jailli d'un troisième bateau qu'ils n'avaient pas remarqué, une éblouissante vedette surgie de l'encre de la mer. Rose pile net.

– Dépêche ! lui crie tout bas Nadget, l'entraînant de force.

Ils gravissent les marches quatre à quatre jusqu'au sommet En bas, un porte-voix aboie :

– Police maritime ! Nous allons arraisonner votre bateau et vérifier son contenu. Je répète...

La voix métallique emplit la plage tout entière. Ce bruit, cette brusque illumination, ce remue-ménage fulgurant... L'endroit prend subitement l'allure d'une fête foraine macabre. Les visages des enfants s'alignent, pétrifiés, bouche bée, au ras du parapet des remparts.

Le Zodiac de Roch reste immobile entre l'eau et le sable.

Le long nez blanc jette sur le chalutier un disque lumineux avec la précision du filet sur le papillon. Alors, dans un rugissement de moteur, le chalutier prend la fuite vers le large.

Bizarrement, la vedette de la police reste en place. Les enfants comprennent assez vite pourquoi.

– C'est inutile ! clame le porte-voix. Une brigade de gardes-côtes vous attend en ce moment même au chenal !

Le bateau de la police vire en direction du Zodiac de Roch, qui ne bouge toujours pas.

– Il faut... il..., bafouille Rose, au désespoir. On ne peut pas...

Elle a envie de crier que c'est injuste. Elle sait que ce n'est pas le mot qu'il faut.

Trois uniformes débarquent de la vedette de police, sautent dans l'écume pour encercler le Zodiac. Avec la réverbération du sable et la forme en amphithéâtre de la petite plage, les sons montent, mats et audibles.

Serrés les uns contre les autres, grelottants, les enfants écoutent. Au claquement des menottes, Milo presse son front contre la pierre.

– Suis-nous, mon gars, ordonne la voix d'un policier. La voiture t'attend de l'autre côté.

Roch les suit en silence, mains liées dans le dos. Conduit par les trois uniformes, il emprunte l'autre escalier, celui du bastion.

Les enfants sentent les larmes leur monter aux

yeux. Si seulement... si seulement... se répètent-ils avec l'impression que leur cerveau ne peut plus penser.

Roch et les policiers disparaissent sous l'arche qui accède à la Poudrière, à mi-hauteur du rempart. D'un bond, les enfants, le singe et le chien se transportent au parapet opposé d'où l'on surplombe la rue.

Elle est déserte. Presque. Le véhicule de la police stationne à une cinquantaine de mètres.

Les quatre silhouettes remontent le pavé. L'une claudiquant. Le gyrophare envoie ses taches pourpres sur le granit et sur le ciel, sur les maisons et sur le bandeau noir de Long John Silver.

Du haut des remparts, soudain, monte un doux chuintement, une chanson, un air délicat des temps anciens.

Roch, entre les uniformes, marque l'arrêt.

La mélodie s'élève, glisse au-dessus du parapet, palpite vers la pleine lune. Ce n'est bientôt plus un chuintement unique, mais deux, mais trois, mais quatre. Quatre bouches sifflotent dans la brise qui vacille :

Aux marches du palais,
Aux marches du palais

Y a une tant belle fille, lon la
Y a une tant belle fille.

La voiture au gyrophare s'ouvre, et claque, et engloutit Long John Silver.

AUX MARCHES DU PALAIS

Ils font un détour pour marcher un peu. Ils n'ont pas envie de rentrer tout de suite.

S'il n'était pas revenu nous chercher, pense Nadget tandis qu'ils cheminent côte à côte sur le sentier des remparts. S'il n'était pas revenu pour nous...

S'il n'était pas revenu pour nous délivrer, pense Rose, il aurait eu le temps de fuir, de fuir loin...

S'il n'était pas revenu, pense Milo, ah, si seulement il n'était pas revenu, cet idiot...

S'il n'était pas revenu avec Clipper, songe Ambroise, je n'aurais plus de chien...

La lune sur la mer aimerait bien leur adresser un de ses sourires qui réconfortent, mais elle a beau essayer d'attirer leur attention, ils ne la regardent pas. Ils descendent l'escalier de la porte de Dinard, se retrouvent sur le boulevard.

Soudain… deux lunes !

Deux lunes dorées qui leur font les gros yeux et freinent pile au ras du trottoir dans un bruit de Cocotte-minute qui fuit.

– Comment ! Vous vagabondez tout seuls à cette heure au lieu de rêver gentiment dans vos lits ?

Rouletabille bondit sur la Cocotte-minute avec un cri d'allégresse.

– Tante Astarté ? dit Milo en clignant de pauvres yeux misérables. Oh, tante Astarté ! Comme je suis content de te voir…

– Nous aussi, tante Astarté, disent les autres en chœur.

– Montez, allez. Vous faites peine à voir. J'allais comme convenu chercher Rouletabille à la grille du pensionnat et je vous retrouve ici, avec des airs de mérous arrachés de l'eau ! Racontez-moi tout.

Ils grimpent dans la camionnette où ils se serrent en frissonnant. Milo commence à raconter. Nadget le coupe, veut raconter à sa façon, Clipper et Rouletabille s'en mêlent à qui mieux mieux, Ambroise et Rose s'y mettent aussi. À la fin, tante Astarté se bouche les oreilles de ses mains pleines de bagues, et les emmène à la Taverne du Vieux Surcouf devant des galettes tièdes et des chocolats bouillants.

Le serveur s'empresse, tout charmé par cette dame qui brille de mille feux au milieu des antiques tonneaux telle une comète tombée par mégarde sur un terril de charbon.

Une fois terminés récit, galettes et chocolats, les paillettes de son turban oscillent en silence et longuement.

– Ce garçon, dit-elle enfin, s'est trop baladé sur les toits. S'il aime tant se promener en l'air, on lui donnera du travail à la fête foraine. Chapiteau, manèges, trapèzes… il aura l'embarras du choix !

Rose baisse les paupières.

– En attendant, il va aller en prison.

– On va l'aider. Vous allez l'aider ! Pour cela, dit la tante en agitant avec sévérité son bras où scintillent vingt-neuf bracelets, il faudra avouer *toutes* vos escapades !

Le serveur vient s'enquérir si elle désire du citron pour son thé.

– Malheureux ! Jamais ! Du beurre d'escargot tant que vous y êtes !

Le serveur repart, l'air positivement ravi de s'être fait houspiller.

– Toutes vos escapades ! reprend-elle. Sans compter que vous avez rompu votre promesse de ne pas retourner à la grotte. Si le gobelin danseur apprend ça…

– Toutes ? répète Nadget d'une petite voix. Même nos… réunions secrètes dans la tour ?

– Ah non, bien sûr. Celles-là sont professionnelles. Ce sont vos réunions de détectives.

Ils respirent.

– Mais les autres… oui, toutes, im-pé-ra-tivement ! *Mios queridos chicos*, dit solennellement tante Astarté, racontez comment ce cœur noble vous a sauvés au péril de sa vie ! Racontez comment ce paladin magnifique vous a tirés des griffes des forbans sans penser à sauver sa tête. Le juge lui donnera sa chance, je vous le garantis.

Ils commencent à la croire. Roch est un chevalier tombé du toit, simplement tombé du toit. Il faut juste l'aider à se relever.

Le serveur réapparaît avec un plateau de chouquettes au sucre. Tante Astarté lève les yeux, lui sourit comme si elle ne l'avait jamais vu.

– Je déteste manger des éponges, lui dit-elle aimablement. Avec du sucre surtout. Cependant, celles-ci sont offertes si gentiment…

Il repart, dansant presque, des feux d'artifice dans les yeux. Tante Astarté hausse un sourcil peint et songeur, pince une chouquette entre le pouce et le médius.

– Je vous le garantis, *amici miei*. Nous verrons ce juge ensemble. Je lui parlerai !

Elle tire de sa pochette en brocart cramoisi un poudrier de vermeil, s'y mire une poignée de secondes avant de murmurer :

– Ma boule de cristal n'a jamais mentionné de serveur… La chère Candelaria deviendrait-elle gâteuse ?

Rose éclate de rire et tout le monde l'imite. L'air devient incroyablement léger.

– Rien ni personne ne résiste à tante Astarté ! proclame Milo.

– Rien ni personne ne résiste au Club de la Pluie ! répond tante Astarté.

– Qui a dit ça ? dit Ambroise en enlaçant Clipper.

– Victor Hugo, bien entendu. Il a tout dit.

Dans la même série

Le Club de la Pluie au pensionnat des mystères
Le Club de la Pluie brave les tempêtes

Existent aussi en livres lus dans la collection CHUT !

Le Club de la Pluie au pensionnat des mystères
lu par Alice Butaud (Rose), Vincent de Bouard (Ambroise)
et Clémentine Niewdanski (Nadget)

Le Club de la Pluie brave les tempêtes
lu par Alice Butaud (Rose), Vincent de Bouard (Ambroise)
Benoît Marchand (Milo) et Clémentine Niewdanski (Nadget)

L'OURS EN PELUCHE P. COMPAGNON, C. imprime
Le Coin ... Ici, j'ai pu, ... 9 rue Sainte-Catherine

Pendant mürrat livre dans l'hôpital ... Benzing Gürrel

Le Club de la Buona ... Anne-Laure par
the par Alice Brach (Hozel) ... dans de Martin (par cellier)
ed. Chromatique De ... dupla (Malin)

Le Club de l'art ... sur ... cherch
Je par Alice Brach (Hozel), Vincent de Bonah (Lumière)
Rencer Mirabel (Nobel) et Christopher ... (New ... Service)

Du même auteur à *l'école des loisirs*

Collection Neuf

Les joues roses
Minuit-Cinq
Aggie change de vie
Trouville Palace

Collection Médium

Fais-moi peur
Rome l'enfer
Faux numéro
Sombres citrouilles
Quatre sœurs (tome 1) *: Enid*
Quatre sœurs (tome 2) *: Hortense*
Quatre sœurs (tome 3) *: Bettina*
Quatre sœurs (tome 4) *: Geneviève*
Boum
Taille 42
Quatre sœurs (l'intégrale en grand format)
La bobine d'Alfred
Broadway Limited (tome 1) *: Un dîner avec Cary Grant*

Collection Chut !

Minuit-Cinq
lu par Sandrine Nicolas et Benoît Marchand